君の中で果てるまで

草凪 優

角川文庫 17536

目次

第一章　凌ぎあう街

佐内功児《さうちこうじ》は女を見て口笛を吹いた。

営業終了後のガランとしたキャバクラの店内に、静寂を引き裂く甲高い音が軽やかに響き、毛足の長い絨毯《じゅうたん》の上にひらひらと舞い落ちていく。

「なかなかいいじゃないか。素敵だよ、すごく」

「そうかな？　こんな大人っぽいドレス、着たことないよ」

銀色のドレスに身を包んだ女は、大胆に露出した背中が気になるようで、鏡張りの壁の前でしきりに振り返っている。ドレスは店で貸したものだった。ティアラもネックレスもピンヒールもそうだ。

彼女の名前は本村玲香《もとむられいか》。茨城出身の二十歳。現在、通りを二本挟んだコスプレキャバクラで働いている。カラフルなウィッグを被《かぶ》り、アニメに出てくるヒロインのコスチュームを身に纏《まと》って、オタク趣味の客の隣に座る。

秋葉原《あきはばら》ではメイド喫茶が大流行中だが、ここ新宿歌舞伎町《かぶきちよう》でもその手の店は好調だった。女が幼稚な格好をしているだけではなく、オムライスにケチャップでアニメのキャラクターを描いて喜んでいる、馬鹿馬鹿しい店だ。

もっとも、それではセクシーなドレスに身を包んだ女がシャンパンを抜いて五万も六万も取るこの店が馬鹿馬鹿しくないのかと言えば、難しいところだった。東洋一の歓楽街、新宿歌舞伎町屈指の高級キャバクラ。リッチでゴージャスな夜を選《え》りすぐりのキャストとともにどうぞ。馬鹿馬鹿しいに決まっている。

「いいよ、絶対」

功児は玲香に近づいていくと、まぶしげに眼を細めた。

「コスプレをするのは、言ってみればそのキャラを演じてるってことだろ？　でも、そういうドレスを着ていれば、玲香自身の魅力で客を酔わせることができるんだぜ。そっちのほうが絶対いい」

自分の台詞《せりふ》に反吐《へど》が出そうだった。

「はっきり言って見違えたから。だってほら、見てごらんよ」

一眼レフのカメラを構え、ファインダー越しに玲香をのぞいた。

「俺の指、震えてるだろう？　玲香があんまり綺麗《きれい》なんで震えてるんだよ。腕が細いから出したらすげえいいよ。胸から腰のラインもセクシーだし、とくにお尻《しり》が……ヒップが最高だね。小さく引き締まってるのに、桃みたいに丸い」

どんな女でも、とくに水商売で働くような女であれば、自分の体にひとつくらいは自慢のパーツがあるものだ。ファインダーをのぞきながら、功児は玲香のそれを探った。間違いなくヒップだった。しきりに振り返って鏡を見ている本当の理由は、尻のラインを視線で愛《め》でてうっとりしているからなのである。

「やだ、エッチなこと言わないで」

玲香は頬をふくらませ、唇を尖《とが》らせた。そういう表情はまだ少女じみていたが、顔の造形が整っているので、いちおうは見るに堪える。悪くはないが、二次元で描かれたアニメのヒロインのように薄っぺらい。薄っぺらい女は会話を重視する高級店では人気が伸びにくいが、確実に伸ばす方法はある。客と寝ればいいのだ。

馬鹿馬鹿しいほど簡単な話だった。

ただし、背中をちょっと押してやる必要はあった。客と寝ることへではない。享楽的に生きることへだ。

「ハハハッ、そりゃあエッチにもなるさ。玲香のお尻がとってもエッチだからだよ。女にとって最高の褒め言葉だと思うけどね、エッチっていうのは」

功児は言いながらシャッターを切った。十六年前、写真専門学校に入ったとき親に買ってもらったカメラだった。本体とレンズ一式で百万円以上した。三人いる兄たちは全員大学に進学したので、二年制の専門学校に進んだ功児には、バランスを取るために高級カメラを買い与えられたのだ。

当時の夢は戦場カメラマンになることだったが、ろくに授業に出なかったので一年で放校になった。夢が叶《かな》わなかったことに後悔はない。むしろ、十八歳の自分はいったいなにを考えていたのだろうと、不思議に思う。海を渡って他国の戦場にのこのこ出かけていき、地雷を踏んで死体になってしまうような人生なら、馬鹿馬鹿しくてもキャバクラのボーイのほうがずっとマシだ。

「やだ、近いよ」

カメラのレンズを顔のすぐ側まで接近させると、玲香は照れ笑いを浮かべて首を振った。マスカラを塗りすぎた睫毛《まつげ》の下で、ブラウンのカラーコンタクトを入れた瞳《ひとみ》が潤んでいく。

「玲香があんまり綺麗だから、近づきたくなるんだ」

今度はヒップにレンズを近づけた。玲香の眼の下がねっとりした朱色に染まっていく。いける、という確信が功児の胸にひろがった。

「宣材写真、後ろから撮ろう。見返り美人の構図」

シャッターを切った。

「わたしまだ、この店に移籍するって言ってない」

玲香が苦笑する。

「しないの？」

「どうしよう……」

「迷うことないさ」

功児はシャッターを切った。高いだけあって、一眼レフのシャッター音は耳に心地いい。シャワーのように浴びせてやると、音に酔ってくる。水商売をやるような女で、写真に撮られることを好まないタイプは少ない。

玲香も例外ではないようだった。

「お尻向けて振り返って。流し眼でね」

「こう？」

戸惑ったふりをしつつも、カメラに向かって振り返る。シャッターを切れば切るほど、頬が上気し、眼つきがトロンとしていく。

ポーズが興に乗ってきたところで、功児は不意に撮影をやめ、カメラをソファの上に置いた。

裸眼でまっすぐに玲香を見つめ、身を寄せていく。玲香は動けない。功児の真剣な表情に気圧《けお》されている。もぎたての果実のようなヒップを撫《な》でると、

「あんっ……」

小さく声をあげて身をすくめた。抵抗もせず、眼の下だけをどんどん赤くする。

「エッチなお尻だ。見た目もエッチだけど、触るとますますそうだ」

功児は尻の丸みを手のひらで吸いとるように撫でまわした。撫でれば撫でるほど、いい尻だった。こんな素晴らしい道具を、アニメのコスプレで隠しておくのはもったいない。もっと見られたほうがいい。もっと撫でられたほうがいい。

「ああっ、やめてっ……やめてくださいっ……ぅんんっ！」

羞《は》じらう唇にキスを与えた。すかさず舌を差しこみ、口内を舐《な》めまわしていく。舌をからめとり、しゃぶりながら吸いたてる。

「ぅんんっ……これがいつものやり方なの？」

玲香はハアハア息を荒げながら、眉根《まゆね》を寄せて睨《にら》んできた。

「まさか」

功児は首を横に振った。もちろん、寸分違《たが》わずいつも通りのやり方だった。しかし、そんな本音はおくびにも出さず、うっとりと眼を細めて見つめてやる。

「玲香が悪いんだ。あんまり魅力的なんで、我慢できなくなっちまった」

ドレスのスリットに手指を忍びこませていくと、

「やんっ、もう……」

玲香はいやいやと身をよじった。困惑した顔には、けれども打算が見え隠れしている。功児が提示したこの店の時給はコスプレキャバクラの倍だった。玲香にしてもこちらに移籍したいのだが、いままで働いたことのない高級店でしっかり稼げる自信がない。もしものときの保険として、ボーイを味方につけておけばフォローしてもらえるのではないか。そんなことでも考えているのだろう。

「素敵だよ」

スリットの中に忍びこんだ功児の手は、太腿《ふともも》を撫でている。指先をじわじわと内腿に近づけていく。ざらついたナイロンに包まれた、二十歳の肉感がたまらない。むちむちに張りつめて、指を押し返してくる。

「店でセックスしたこと、ある？」

「あるわけないです」

玲香は首を横に振ったが、もう身をよじらなかった。功児の指がヴィーナスの丘の上を這《は》いまわりだすと、息がはずんできた。吐息が甘酸っぱく匂った。

「初出勤の前にしておくと、いいみたいだぜ。店に出るとエッチなこと思いだして、妙に表情が色っぽくなる。そういうキャストは絶対モテる」

「やっぱり……」

恨みがましい眼で睨まれた。

「やっぱり、いつものやり方なんじゃないの……んんっ!」

うるさい口をキスで塞《ふさ》いだ。先ほどより大胆に、粘りつくような音をたてて舌をからませてやる。二十歳の舌はつるつるとなめらかで、つい夢中になってしまう。息ができないくらい深い口づけで翻弄《ほんろう》しながら、ドレスの胸に手を伸ばしていく。

「ぅんんっ!」

ふくらみをやわやわと揉《も》みしだくと、玲香は眼を見開いた。いや、そうしたつもりだったらしいが、トロンと潤みすぎて瞼《まぶた》が重い。

いい感じだった。功児が玲香と会うのはこれで三回目、男と女として口説いたつもりもないのに、簡単に欲情する。見た目はとびきりとまでは言えないが、売れるキャストの条件を備えている。

「エッチ好きなの？」

ホルターネックをほどきながら耳元でささやく。

「そんなこと……ないよ……」

玲香は顔をそむけたが、欲情を隠しきれなかった。背中を大胆に出したドレスなので、ブラジャーは着けていない。前をめくると、乳房が現れた。それほど大きくないが、形はいい。先端に咲いた乳首が南国の花のように赤く、情熱的なセックスを予感させる。

「やんっ！　やっぱり恥ずかしい」

玲香は両手で胸を隠そうとしたが、功児はもちろん許さなかった。

「照れるなよ。エッチ好きのほうが人生は楽しいぜ」

生身のふくらみにぎゅうっと指を食いこませると、

「くぅうう……」

玲香は首に筋を浮かべてあえいだ。

「人間なんてさ、気持ちのいいセックスするために生まれてきたんだと思うよ。男も女も、それは一緒じゃないかな」

赤く染まった耳殻に熱い吐息を吹きかけながら、ふくらみの先端をコチョコチョとくすぐってやる。

「あああっ……ぅんんっ……」

あえぐ顔も声もなかなかいい。もっとあえがせてやりたいと、男心を揺さぶってくる。仕事に疲れた中年男たちを、きっちり勃起《ぼっき》させるに違いない。

いったいいつからだろう？

セックスをしながら、こんなふうに冷静に女の反応をうかがうようになったのは。

先ほど赤い耳殻にささやいた台詞《せりふ》は、珍しく嘘ではなかった。人はセックスをするために生まれてきたのだろうし、そう思える人生は幸せに違いない。

功児自身、若いころから女好きでは人後に落ちなかった。

そこそこ容姿が整っているせいか、人懐っこい性格のせいか、あるいは無差別に口説くいい加減なやり方が功を奏しているのか、十四歳で童貞を失って以来、女を切らしたことがない。

若いころは女を口説くことに夢中で、先の台詞を地で行っているところがあったけれど、いま思えばたいしたことはなかった。要するに、それ以外に能がなかったのだ。まわりより少しはモテるし、女に対するフォローがマメだという理由だけで、結局流れついたのは水商売だった。それも、店をもつとか、大金をつかむという夢もないまま、三十四歳までずるずると生きてきた。

　頭の中はいつだって、ターゲットにした女を口説くことだけ。乳房を揉んで、脚を開かせ、勃起しきった男根を突っこむことばかり。女をひいひい言わせているときにだけ生きている実感を味わえるろくでなし。それが自分だと掛け値なしに思う。

「ああんっ！」

　太腿の間に指を這わせていくと、玲香は悩ましい声をあげた。ストッキングとショーツに包まれてなお、むんむんとした熱気が指に伝わってくる。こんもりと盛りあがったヴィーナスの丘をねちっこく撫であげ、さらに下へと指をすべらせていけば、じっとりと湿った熱気が指にからみついてくる。

「ねえ……」

　玲香は両脚を小刻みに震わせた。

「もう……立ってられない……」

「感じやすいんだな？」

　功児がからかうようにささやくと、

「言わないでください」

玲香は恥ずかしげに身をよじった。耳も首筋も真っ赤だった。可愛いところがある。羞《は》じらいを知っている女はランクが高い。

「いいじゃないか、感じやすいほうが」

功児は玲香の体を反転させると、鏡張りの壁に両手をつかせ、尻《しり》を突きださせた。立ちバックの体勢だ。我ながら天《あま》の邪鬼《じゃく》だと思う。立っていられないなどと言うから、意地悪をしたくなるのだ。服を脱がせる前に首筋まで赤くしたりするから、恥ずかしい体位で挿入されることになるのだ。

銀色のドレスの裾《すそ》をめくると、自慢の尻が二枚の薄布に飾られていた。ナチュラルストッキングと淡いピーチカラーのショーツだ。バックレースのデザインが、丸々と張りつめたヒップの形状を、より可愛らしく、悩殺的に見せている。

功児は痛いくらいに勃起した。

「ねえ……」

玲香が鏡越しに泣きそうな眼を向けてくる。

「立っていられないって……言ってるのに……」

両脚を震わせているのは、慣れないピンヒールを履いているせいもあるらしい。踵《かかと》が十センチ近くあるピンヒールなど、コスプレキャバでは履かないのだろう。

「こんな素敵なお尻、立ちバックで責めずにはいられないよ」

功児は丸々とした尻丘を撫《な》でまわした。撫でれば撫でるほど、好きにならずにいられない尻の形だった。しかし、いつまでも撫でているわけにはいかない。

二枚の下着をさげた。生々しい白い尻肉が露《あら》わになり、桃割れの間から発情した女の匂いが漂ってくる。

決していい匂いではない。だが、男の本能を刺激する魔法の芳香だった。この匂いさえ嗅《か》いでいれば、いつだって頭の中を真っ白にできる。獣になれる。

「ずいぶん濡《ぬ》らしてるみたいじゃないか」

功児はそそり勃《た》った男根を取りだし、切っ先をヒップの中心にあてがった。たいした愛撫《あいぶ》もしていないのに、亀頭《きとう》がヌルリとすべった。よく濡れているのは、やりまんの証拠だ。二十歳という年齢や可愛い顔に似合わず、場数を踏んでいるらしい。断れないタイプなのだろう。最高だ。

「……いくぞ」

息を吞《の》み、玲香の腰をつかんだ。ゆっくりと、腰を前に送りだしていく。硬くみなぎった肉棒で、濡れた花びらを一枚一枚めくりあげるように侵入していく。

「んんっ！」

潤んだ蜜壺《みつつぼ》をえぐられた玲香は、鏡越しにすがるような眼を向けてきた。男のツボをよくわかっている。やはり相当場数を踏んでいるらしい。男が鏡の前で立ちバックをするのは、鏡に映った女のよがり顔が見たいからだ。鏡越しに視線を合わせれば、男はすこぶる興奮する。

「ああっ、いやっ……大きいっ……」

身悶《みもだ》える玲香をいなしつつ、何度か小さく出し入れした。締まりも吸いつきも上等だった。肉と肉とを馴染《なじ》ませてから、ずんっ、と突きあげると、

「ぅんああぁーっ！」

玲香は店中に甲高い悲鳴を響かせた。丸々とした尻肉をひきつらせ、両脚をガクガクと震わせる反応が、たまらなくそそる。場数を踏んでいるだけではなく、かなりの好き者に違いない。

「気持ちよさそうじゃないか？」

功児は熱っぽくささやき、ゆっくりと腰をまわした。そそり勃った男根で肉ひだの層を攪拌《かくはん》し、ぬちゃっ、くちゃっ、と音をたてる。奥の奥までぐっしょりだ。

「ああっ、いやっ！　音を出さないでっ……」

「興奮してるのかよ、店でこんなことして」

「い、意地悪っ……」

「そうか？　意地悪か？」

功児は玲香の腰をしっかりとつかみ直し、本格的に腰を使いはじめた。グラインドからピストン運動へと移行し、連打を放った。パンパンッ、パンパンッ、と丸尻を打ち鳴らして、奥の奥まで刺激を送りこんでいく。

玲香最大のチャームポイントは、見かけ倒しではなかった。丸々とした隆起が、男の腰の動きを受けとめて、はじき返す。男の本能をかきたて、挑みかからずにはいられない尻である。

おまけに、打てば打つほどよく濡れて、締まりもよくなっていった。さすが二十歳と言うべきか、肉ひだのぴちぴちした弾力もたまらない。

「ああっ、いやあっ……いやあああっ……」

玲香はみるみる呼吸を荒げ、乱れはじめた。眉根《まゆね》を寄せてあえぐ表情が、いやらしすぎた。乱れれば乱れるほど、いい顔をするタイプだ。

功児は鏡越しにその顔をむさぼり眺めながら、渾身《こんしん》のストロークを送りこんでいく。ずちゅっ、ぐちゅっ、と音をたてている結合部から、獣じみた匂いがむんむんとたちこめてくる。それを胸いっぱいに吸いこめば、エネルギーが無尽蔵にわきあがってくる。

　自分はセックスするために生まれてきたのだという確信が、胸を焦がした。体中の血液が沸騰しているのではないかと思ってしまうほど、熱い。もちろんいちばん熱いのは、男根だった。熱いうえに、鋼鉄のように硬くなって、濡れた女肉を爛《ただ》れさせる。凶暴に張りだしたカリのくびれで、内側の壁を逆撫《さかな》でにする。

「はぁあああっ……はぁあああっ……」

　玲香はもう眼を開けていられなくなり、亀頭で子宮を叩《たた》かれる喜悦に悶《もだ》え泣いている。アップにまとめた髪が乱れ、ティアラが飛びそうなほど首を振る。両脚はガクガクと震えっぱなしで、いまにも膝《ひざ》が折れてしまいそうだった。しかし功児は、しっかりと腰をつかんでそれを許さない。パンパンッ、パンパンッ、と連打を放つ。逆Vの字に開いた両脚が浮きあがるくらいの勢いで突きまくり、玲香は必死で鏡に手を押しつける。つるつるした鏡面を、淫《みだ》らに折れた指で搔《か》き毟《むし》る。

「ああっ、いやっ……いやいやいやいやっ……」

　玲香が切羽つまった声をあげた。

「そんなにしたらイッちゃうっ……イッ、イクッ……くぅうううううーっ！」

「おいおい、まだ早いぜ」

功児はあわててストロークのピッチをゆるめ、男根を半分ほど引き抜いた。

「ぬ、抜かないでっ！」

玲香が眼を見開き、鏡越しにすがるように見つめてくる。欲情とやるせなさで、可愛い顔がくしゃくしゃに歪《ゆが》んでいる。

「勝手にイッたりしたらダメだ。イクときは一緒だろ。待ってろよ、俺が出そうになるまで……」

功児は両手を腰から胸にすべりあがらせ、剝《む》きだしの双乳を揉《も》みしだいた。すっかり尖《とが》りきった乳首を指で押し潰《つぶ》し、そうしつつ腰をまわす。淫らに吸いついてくる肉ひだを、いやらしいほどねちっこく攪拌してやる。

「ああっ……あああっ……」

玲香があえぎながら尻を押しつけてきた。丸い尻丘がぶるぶると震えている。眼の前に迫っているオルガスムスをむさぼりたいと、全身で欲情していく。

「ククッ、可哀相だから先にイカせてやるか」

功児は勝ち誇った声で言うと、再び両手を腰のくびれに戻してピストン運動を送りこんだ。いい仕事をしてくれよ、とおのが男根にささやきながら、やがて体力の限界が訪れるまで、玲香を何度となく恍惚《こうこつ》に導いていった——。

店を出た。

夜明け前だ。

靖国《やすくに》通りまで玲香と一緒に歩き、タクシーに乗せた。ドレスを私服に着替え、踵《かかと》の低い靴に履き替えても、彼女の両脚はまだ小刻みに震えたままだった。オルガスムスの余韻が体にしっかりと刻みこまれて、足取りがひどく覚束《おぼつか》ない。

「もう、骨抜きだよ」

ドアが閉まる前、見送る功児に泣き笑いのような顔を向けてきた。

「こんなにすごかったの……初めて」

「今夜、いまの店を辞めてこいよ」

功児は閉まりそうになったタクシーのドアをつかんだ。

「たぶんぐずぐず文句言われるだろうけど、関係ないから。もし給料出さないって言ったら、うちが補塡《ほてん》してやる。でも、移籍するって言っちゃダメだぜ。引き抜きがバレたら、俺の身が危ない」

「わかってる」

玲香が従順にうなずいたので、功児はにっこりと笑いかけた。ドアを閉めてタクシーを見送った。

ミッションコンプリート、という文字が、まるでゲームのように脳内で点滅した。これで玲香は、迷うことなくコスプレキャバを辞め、店を移ってくるだろう。

ふうっ、と深い溜息《ためいき》が口からもれた。

二十歳の好き者を何度もイキまくらせた疲れが、どっと襲いかかってくる。饐《す》えた匂いのするアスファルトにへたりこみ、寝転んでしまいたい衝動をこらえるのに往生した。

こんなことをしていて、いったいなんになるのだろう？

しばし立ちすくんだまま、そんな思いを噛《か》みしめた。

他店から女を引き抜いて、おいしい思いをしているわけではない。功児は店長に命じられるままやっているだけで、やらなければ馘《くび》になるだけだった。店長にしても、オーナーから与えられた売上アップの命令に従っているだけで、売上があがらなければ馘になる。それではオーナーになればおいしいのかというと、もちろん使われている側よりは潤っているには違いないが、そのぶんリスクも高い。持つ者は、ありとあらゆるところからそれを狙われる。

もう一度深い溜息をつき、天を仰いだ。

夜明けが近いようだった。空は群青色に染まりはじめていて、その美しい色は宇宙を感じさせた。疲れた体にまで染みこんでくるような美しい青だ。しばらくぼんやり見上げていると、電信柱の上にとまったカラスが漆黒の翼をひろげ、空に飛びたった。功児は見とれていた。不吉な鳥だが、羽根があるのは心底羨《うらや》ましい。

そのときだった。

不意に両側から腕をつかまれ、息を呑《の》んだ。金髪を立て、ダークスーツをだらしなく着た男のふたり組だった。

「ちょっと来い」

耳元で低く言われ、功児は路地裏へ連れこまれた。有無を言わさぬ態度だった。ふたりとも異様に顔色が悪く、人工的なコロンの香りが悪臭じみていた。それを超える暴力の匂いが功児の身をすくませた。射精の余韻で熱く火照っていた顔から、みるみる血の気が引いていき、氷のように冷たくなっていく。

彼らの目的はあきらかだった。

女の引き抜きに対する報復だ。

それ以外に心あたりなどありはしない。引き抜き行為は、同業者の仁義に反するものだった。脅しを受けたことは何度かあったが、こちらにしても店長命令なのだから、やらないわけにはいかないのだ。ケツモチのヤクザがいなそうなコスプレ系の店を狙ってみたのだが、下手を打ったか。あるいは玲香の前にコナをかけたさくら通りの店の女か、それとも……。

路地裏から、さらにビルとビルの間に連れこまれた。建物に群青色の空が遮られた薄闇の中、切れかけた外灯がストロボのように瞬いていた。男たちの眼は据わっている。口をきくつもりはないようだった。沈黙が生じさせる恐怖効果をよくわかっているらしい。

「なんだよ？」

功児は苦笑した。そのつもりだったが、頬が思いきりひきつってうまく笑えなかった。

「用があるなら早く言えよ」

ビルとビルの間は一・五メートルほどで、功児は袋小路に追いつめられていた。背後は壁だ。逃げられない。男たちの眼つきから、殴られることを覚悟した。功児は暴力沙汰《ざた》が苦手だった。急所をガードしてやり過ごすしかないが、そのためには余計なことを言って、無用な怒りを買わないほうがいい。

功児がだんまりを決めこむと、男のひとりが懐からなにかを出した。

拳銃《けんじゅう》だった。

本物を初めて見た。

いや、本物かどうかすら判別することなどできなかった。本物であろうがなかろうが、リアリティがまったく感じられない。

銃口がこちらに向けられる。

拳銃を握った男はますます顔色を悪くして、眼を血走らせている。

殺意を感じた。

偽物ではなかった。

それでもこれが現実のこととは思えない。

たかがキャバ嬢の引き抜き程度で、そこまでするものか。ただの脅しに違いない。

こんな街中で発砲すれば、連中だってただではすまない。

そう自分に言い聞かせても、全身が震えはじめた。心臓が縮みあがって、痛いほど早鐘を打っている。土下座くらいならいくらでもしてやるつもりだったが、自分の意思ではもう、体を動かすことができない。

「殺すぞ」

唸《うな》るような低い声が、心臓をさらに縮みこませた。

功児はそれでも動けなかった。言葉も返せなかった。ただ呼吸だけが荒々しくなって、フウフウからヒューヒューへと上ずっていく。顔中が脂汗にまみれ、顎《あご》からしたたっていく。実際に睨《にら》みあっていたのは十秒ほどだろうが、一秒が一時間にも感じられる時が過ぎていく。

突然、耳を聾《ろう》する爆裂音がした。

頭の横の空気が引き裂かれ、背後で金属音が鳴った。

撃たれたのだ……。

男たちが背中を向け、脱兎《だつと》のごとく走りだした。

功児はその場にしゃがみこんでいた。

腰が抜け、失禁し、体中が波打つように痙攣《けいれん》している。

冷たい死が、頭のすぐ横を通り抜けていった。

恐怖などという言葉ではとても言い表せない衝撃的な体験に、思考回路を破壊され、頭と体を繋《つな》ぐ神経を分断されてしまったらしい。

動けなかった。

首から上が凍ったように冷たく、首から下はコンクリートの塊になってしまったような気がした。

とはいえ、ぼやぼやしている場合ではない。発砲音を聞いた人間が通報すれば、すぐに警察がやってくるだろう。たとえ被害者でも、警察みたいなものに関わりあうのはごめんだった。

四つん這《ば》いになり、必死になって動きだした。砂利をつかみ、ズボンの膝《ひざ》に穴を開け、ビルとビルの間を抜けだしていく。体はコンクリートの塊のままだった。路地裏を走りながら何度も転び、その拍子に看板に顔をぶつけて片眼を痛めた。それでも、とにかく走った。白々と夜が明けていく新宿の街から、一目散に逃げだした。

走りながら、なにかを落としてきた気がした。

すぐにはわからなかった。

金でも鍵《かぎ》でも免許証でもない。

魂だった。

第二章　さすらう風のように

東北自動車道を北上した。

日曜だが道はすいていた。

クルマはＢＭＷだ。五年ほど前、店の客から安く買った。当時でも十万キロ近く走っていたので、トラブルが絶えなかった。国産車と違って耐性が低いし、部品代が高くつくし、ハイオクならうえに燃費も最悪だったが、功児は気に入っていた。エンジンと足まわりが国産車とは比べものにならないほどいいからだ。初めてオーナーになった外車だった。もともと航空機エンジンのメーカーだったというＢＭＷのエンジン音を聞いていると、空だって飛べる気がした。

アパートには戻らなかったが、このクルマだけは置いていきたくなかった。パーキングエリアで何度か休憩をとった。トランクに入っていた服に着替えた。腫《は》れた片眼がズキズキと疼《うず》き、仮眠をとろうとしてもとても眠れなかったが、脳と心臓を休ませなければならなかった。

あの男たちに殺意があったのかどうか、わからない。ただの脅しかもしれないが、それにしてはやりすぎだし、命中すれば死んでいる。自分という存在がこの世になくなって、意識は二度と光の差さない漆黒の闇に埋没していた。

福島を過ぎたあたりで、魂を落としてきたことに気づいた。

殺されかけたのだから、それもしかたがない。

だが、仙台あたりで間違えに気づいた。

拳銃で撃たれるまでもなく、魂などとっくの昔にどこかに落としてしまっていたのではないか。そう思い直した。

新宿、渋谷《しぶや》、六本木《ろっぽんぎ》、夜の繁華街、キャバクラ、酒、愛のないセックス……そんな毎日のどこに、魂があるというのだろうか。とくに三十を過ぎてからの四年間は、虚《むな》しさと倦怠感《けんたいかん》が体の内側に澱《おり》のように溜《た》まるばかりで、死が頭の横をかすめなくても、抜け殻のような生活を送っていた。

どうしてこんなことになってしまったのだろう？

功児は四人兄弟の末っ子に生まれた。信用金庫に勤めている父親は真面目な堅物で、元教員だった母親は躾《しつけ》に厳しい人だった。三人の兄は両親の望む通りに育ち、それぞれ名の知れた大学を卒業して、まともな企業に就職した。

功児だけが、出来の悪いやんちゃ坊主だった。とにかく勉強が嫌いで、かといってスポーツに励む根性もなく、役者や絵描きやミュージシャンになる夢ももてずに、ただ漫然と日々を過ごし、気がつけばいつだって群れの外にはじきだされていた。

写真専門学校に進んだとき、夢は戦場カメラマンと言っていたのも、ほとんど口からでまかせだ。社会の歪《ひず》みが生じさせた悲惨な現実を、命をかけて訴えかけるジャーナリストにはいまでも憧《あこが》れがあるけれど、そんな仕事が自分に務まるわけがないことくらい、自分がいちばんよくわかっている。

ただ、戦場カメラマンになりたいと言うと、女にモテた。

もちろん、口からでまかせでそんなことを言っている馬鹿野郎を、なんとなく格好いいと思ってしまう女は、相当頭がゆるかった。当然のように下半身もゆるく、すぐにやらせてくれた。

とはいえ、そんな嘘を語らなくても、功児は充分にモテた。それだけが唯一といっていい取り柄だった。兄たち三人にはまったくない個性だった。

功児は知っていた。

ガールフレンドを家に呼ぶたびに、兄たちが嫉妬《しっと》していたことを。いつもは冷静な兄たちが、そのときばかりは不快そうに舌打ちしたり、眼を吊《つ》りあげて睨んできたり、感情を露《あら》わにした。

だからこそ功児は、女の尻《しり》を追いかけまわすことがやめられなかった。それまでなくなってしまえば、三人の兄たちになにひとつ勝てるところがなくなってしまう。父も母も、末っ子の功児にだけはどこか甘くて、通信簿の成績が悪くても厳しく叱られたことがない。おまえは無理に勉強しなくても、楽しく生きていければそれでいいという、どこか同情を孕《はら》んだ視線でいつも見られていた。

屈辱だった。

気分を晴らすためには、女を抱くしかなかった。兄弟たちは、ひとまわり年上の長兄を筆頭に、現在四十六歳、四十一歳、三十六歳だ。全員結婚して子供もいるが、営業後のキャバクラで、それなりに可愛い二十歳の女と立ちバックを決めることなど、逆立ちしても無理だろう。

その優越感がなければ、三十四歳にもなって女の尻を追いかけまわしていることはなかったに違いない。

だが、そんな優越感など、糞《くそ》みたいなものだ。滑稽《こっけい》な姿をして、ただ悪臭ふんぷんなだけ。なにひとつ自分の人生を豊かにしてくれないことに、そろそろ気づかなければ大変なことになる。

豊かな人生どころか、殺されかけたのだ。

魂をどこかに落としてきてしまったのである。

東北自動車道は岩手県に突入していた。

いままでの人生で、一度として足を踏み入れたこともなければ、出身者と関わりをもったこともない県だった。

ただ、ひとつだけ接点があった。長兄の啓一《けいいち》が、五年前からこの地で働いている。会社から異動を命じられ、嫁と息子を連れて東京から引っ越していった。見送るときひどく淋《さび》しかったことを、功児は昨日のことのように覚えている。

四人兄弟の中で、啓一とだけは特別に仲がいいからだ。

功児は啓一が好きだった。なぜかと言えば、いちばん頭がいいくせに、功児のモテ具合にいちばん嫉妬していたからだ。年が離れていたので、他の兄弟のようにあからさまに感情をぶつけてくることはなかったが、間違いなかった。啓一がいちばんモテなかったからだ。

優越感がくすぐられた。

他の兄弟と違って、嫉妬しているのを隠そうとしないところもよかった。器の大きさを感じさせた。自分の弱点を素直に認めることができるのだから、器が大きいに決まっている。若いころからそうだったし、年をとるにつれてその傾向は強くなった。

「一度おまえが働いているキャバクラに行ってみたいなあ」

東京にいたころは、よくそんなことを言っていた。セクシーな女が隣に座って酌をしてくれる店など、行ったことのない人だった。来れば最高のキャストを隣に座らせることもできたのだが、実際に兄が足を運んできたことはない。

恐妻家だからである。

キャバクラで飲みたい気持ちに嘘はなくても、妻の貴子《たかこ》にバレたときのことを考えると身がすくんでしまう。問い質《ただ》されたり、叱られたり、冷たくされることを想像しすぎて、悪いことなどなにひとつできない。

気持ちはわからないでもなかった。

兄の妻は尋常ではない美人なのだ。

最初に紹介されたときは、掛け値なしに痺《しび》れさせられた。美人なら、夜の世界にいくらでもいる。顔立ちが美しく、スタイル抜群な女など見慣れているはずだったが、貴子のようなタイプは見たことがなかった。

ただ美人なだけではなく、育ちがよさそうだった。聡明《そうめい》で物腰が柔らかかった。立ち居振る舞いがエレガントだった。聞けば、医者の娘のお嬢様だという。

「すげえの見つけたね、兄ちゃん。度肝抜かれたよ」

ふたりきりのときにこっそり言うと、

「俺はおまえみたいにモテないからな。一生分の女運を使ったんだ」

啓一は照れもせず、誇らしげに胸を張った。

功児はどんな顔をしていいのかわからなかった。当時、啓一は二十七歳で、功児は十五歳。功児は初体験を済ませていたが、兄はまだかもしれないと思っていた。二十七歳で童貞というのはかなり恥ずかしい。もしかすると、自分が気づかないところで経験しているかもしれないとも思っていたが、「一生分の女運」という言葉が疑惑を深めさせた。

それに、「一生分の女運」という言葉には、反発もあった。兄の理屈を突きつめていくと、モテたぶんだけ女の質が落ちていくことになる。そんなことがあるはずないと思った。いい女に巡りあうためには、出会いのチャンスは最大限あったほうがいいはずだ。

しかし、兄の意見も一理あるかもしれない、とその後になって思った。年を重ねるほどに、功児はさまざまな女を抱いてきたけれど、貴子ほどのグレードの女をものにできたかといえば、首を傾げざるを得ないからだ。

「なんだか、久しぶりに会いたくなっちまったな……」

ＢＭＷのステアリングを握りながら、功児は独りごちた。

兄の住所を確認すると、東北自動車道からすぐのようだった。休憩を挟みながら八時間ほどＢＭＷのエンジン音を聞いたおかげで、気分はずいぶんと落ち着いていた。あてもなく走りつづけることに、飽きてもきている。五年ぶりに兄に会えば、殺されかけたショックから少しは立ち直れるかもしれない。

高速を降りた。

ナビは壊れているので、信号のたびに地図を確認しつつ進んだ。国道沿いにはそれなりに店が並んでいたが、県道に入ると緑一色の田園の景色になった。平らな土地に、見渡す限り田圃《たんぼ》が続いていた。

「すげえところだな……」

思わず苦笑がもれてしまう。功児は田舎が嫌いだった。旅行に行くのはもっぱら温泉街かリゾート地で、それもごくたまにのことだ。田舎に親戚《しんせき》縁者もいないので、これほど見事に田圃ばかりが続く景色を拝んだのは、三十四年間生きてきて初めてと言っていい。

やがて、野山を切りひらいたような新興住宅地が、忽然《こつぜん》と眼の前に現れた。目的の場所だったが、そこからが大変だった。地図を見る限り、兄の家はたしかにその住宅地にあるはずなのだが、同じ造りの一戸建てがマッチ箱のように整然と並んでいるので、似たような景色の中を迷路のようにぐるぐるとまわってしまう。地元の人間に道を訊《たず》ねたくても、歩いている人間などどこにもいない。

「ちくしょう……」

功児はクルマを停め、深く息をついた。いきなり訪ねていって驚かせてやろうと思っていたのだが、諦《あきら》めたほうがよさそうだった。すぐ近くまで来ていることは間違いないのだから、電話をして場所を確認したほうがいい。今日は日曜日だから、家にいる確率も高いだろう。

それでもなんとなく気がのらず、携帯電話をもてあそんでいると、田園の彼方《かなた》からバスがとろとろと走ってきた。長閑《のどか》な風景だった。バスが停まり、女が降りた。意外にも若い女だった。てっきり、野良仕事をする格好をした爺《じい》さんや婆さんが降りてくるものだとばかり思っていた。

年は二十三、四歳だろうか。いまどき珍しい真っ黒い髪に、輝くような白い肌、そして大きな眼をしていた。夜の新宿ではついぞ見かけたことがない、レモンの匂いがするような清純なタイプと言っていい。清純すぎて、いっそ野暮ったかった。にもかかわらず、チェックのミニスカートを風になびかせ、チラリとのぞいた太腿《ふともも》がやけに肉感的でそそる。

特別に美人だったわけではない。

けれども功児は、雷に打たれたような衝撃を受けた。都会にはいない清純さだけが理由ではなかった。一面が田圃の緑で、オンボロバスが土埃《つちぼこり》をたてながら走り去っていく牧歌的な景色の中、女は浮いていた。くっきりとした輪郭を描いて、田舎の景色に馴染《なじ》んでいなかった。

いい女の条件だった。

新宿の街でも、キャバクラの店内でも、いい女は背景に融合していない。背景を味方につける必要すらなく、背景を霞《かす》ませるほどの存在感を放つものなのである。

兄に電話することも忘れ、去っていく女の背中を眺めつづけた。見えなくなるまで眺めていたが、彼女がいい女なのかどうかよくわからなかった。

ただ、衝撃は本物だった。

功児はそれから三十分以上、クルマのシートに身を沈めたまま、放心状態に陥っていた。

ようやく兄の家を発見できたのは、午後四時前だった。

結局、電話をしそびれてしまい、見つからなければ見つからないでかまわないと思いながら、同じ家が建ち並ぶ住宅地の中をぐるぐるとまわり、自力で発見した。

玄関のチャイムを鳴らした。

右眼の瞼《まぶた》が腫《は》れてしまっていたので、サングラスをかけている。銃撃され、路地裏を這《は》いずりまわって眼を負傷したのは今日の早朝のことだった。瞼の傷はまだ生々しいのに、ずいぶんと昔のことに感じられた。後先を考えず、とにかくクルマを走らせたことが功を奏したのだろうか。あるいは、先ほどの女に与えられた衝撃が、毒消しになったのか。

玄関扉が開き、啓一が顔をのぞかせた。驚きすぎたせいだろう。声もあげられずにポカンと口を開いた。五年ぶりの再会だった。

「同じような家ばっかり並んでるから、このあたり、何周もしちゃったよ」

功児は笑った。

「どうしたんだよ、突然」

啓一も破顔し、懐かしそうに眼を細めた。思ったよりも老けていなかった。兄は若いころから老け顔だったので、もう二十年くらい年をとっていない感じがする。

「たまたま近くまで来たんだ」

「旅行か？」

啓一は功児の肩越しにＢＭＷをのぞきこんだ。

「まあ、そんなところ」

「ひとりで来たのか？」

「残念ながら」

功児はうなずき、鼻を鳴らした。家の中から香ばしい匂いが漂ってくる。

「いい匂いだね。クッキー焼いてるの？」

「ああ、そうみたいだな……」

啓一は妙に落ち着きがなかった。

「外に行こうか。おまえ、ここらへんに来たの初めてだろう？　案内するよ。まあ、案内するほどのところがあるわけじゃないんだが……」

功児はうなずき、兄のクルマに乗りこんだ。どうやら、タイミングが悪かったらしい。クッキーの匂いから察するに、兄嫁の貴子か、甥《おい》っ子の朋貴《ともき》に来客があったのだろう。まわりが田圃だらけの田舎のことだ。風体のよくない弟を見せたくないと思われても、それはそれでしかたがない。

それに、功児は兄嫁に、あまり好かれていなかった。蛇蝎《だかつ》のごとく嫌われている、というほどではないにしろ、いい歳をしてチャラチャラした格好をし、水商売で糊口《ここう》を凌《しの》いでいる男と、医者の娘のお嬢様では、必然的に相性も悪かった。

兄のクルマで居酒屋に移動した。

久しぶりに兄の顔を見たせいで、里心がついてしまったのだろうか。移動の途中、功児は居候ができないか軽く訊ねてみた。ほとぼりが冷めるまで、ひと月くらいは東京に帰らないほうがいいだろうし、ならば滞在費を安くあげるためにも、兄の家に泊めてもらうのは悪くない。

「しばらく兄ちゃんちに泊めてくれないかなあー」

少し甘えた調子で言ってみたのだが、色よい返事はもらえなかった。功児と貴子の相性だけの問題ではなさそうだった。なんだか、家庭内に不協和音が生じているような気配を感じた。

居酒屋で乾杯をすると、啓一は酒場勤めの功児が驚くようなピッチで熱燗《あつかん》のお銚子《ちょうし》を空けていき、あっという間に泥酔した。なにか、甚大なストレスでも抱えているようにしか思えなかった。酔えば酔ったで、五年前までの兄には考えられなかったような、おかしな話題ばかり口にした。

「おまえ、ネトラレって知ってるか？」

呂律《ろれつ》があやしくなった口で、声をひそめて訊ねられた。かなり唐突に言われたので、功児には最初、なんの話かわからなかった。

「女を寝取られることだよ。別の男に。週刊誌で読んだんだが、最近そういうの流行《はや》ってるらしいじゃないか？」

「……ああ」

功児はようやく合点がいった。

「女を寝取られて興奮するってやつのこと？　よくわかんない風潮だよね。そんなの昔は、ごく一部の変態の密《ひそ》かな愉《たの》しみだったはずなのに、最近じゃ若い連中がそうだっていうもんな。普通怒るところじゃない？　女を寝取られたら。寝取るほうは理解できるよ。昔から一盗二婢《いっとうにひ》っつって、人の女房を寝取るのは最高に興奮するって言われてたんだから」

「草食系男子ってやつかな？」

「まあ、そうかもしれないけど、どうしたんだよ、急に。もしかして、朋貴がネトラレのエロゲーにでも嵌《はま》ってるの？」

「いや、朋貴は関係ない……」

啓一は苦笑して首を振った。

「単に俺が、週刊誌を読んで興味をもっただけの話なんだけど……」

「ならいいけどさ。気をつけたほうがいいよ、朋貴も。いまどきの若い連中は、草食系どころか、生身の女を相手にできないのが多いから。そういうやつらの欲望の捌《は》け口っていったら、二次元なわけよ。アニメとか漫画とかゲームとか。べつに人の趣味をとやかく言いたくないけど、あれはよくない。新宿でも最近、コスプレキャバってのが流行ってるんだ。アニメのコスプレした女に酌してもらって酒飲むんだぜ。信じられない悪趣味だろ？」

兄と同じペースで酒を飲んでいたので、功児も酔って饒舌《じょうぜつ》になっていた。しゃべりながら、鼓動が激しく乱れだした。コスプレキャバの女を引き抜こうとして、自分は拳銃《けんじゅう》で撃たれたのだ。殺されかけたのだ。頭の横を通過していった、弾丸の唸《うな》る音が耳底に蘇《よみがえ》ってくる。

「へえ、コスプレキャバねえ。そりゃあたしかに悪趣味だ」

啓一は苦笑した。

「田舎に住んでると、アキバ系とかああいうものは、あまり関係ない感じするけどな。若い連中は好きなのかな」

「じゃあ、なんで、ネトラレ？」

今度は功児が苦笑する番だった。

「面白くないよ、そんなもの」

「……そうかねえ」

啓一は顔をしかめて熱燗を口に運んだ。

もしかして貴子さんを寝取られたいと思っているの？　と功児は訊《たず》ねたかったがやめておいた。昔から、冗談でも貴子を腐《くさ》すと兄は本気で怒りだす。むろん、本気で愛しているからだろう。女運に恵まれなかった代償として、唯一引き当てた当たりくじだと、心の底から思っているのだろう。

「それよか、兄ちゃん……」

功児は話題を変えた。

「さっき兄ちゃんちの側で、すげえ可愛い女の子見かけたぜ。田舎にもいるんだな、ああいう子。いや、田舎ならではなのかもしれないけど」

「ほう、どんな子だよ？」

「年のころ、二十三、四、髪が真っ黒で、化粧っ気もなしで、清純を絵に描いたような感じなのよ。なのに、ミニスカートからのぞいているむっちりした太腿《ふともも》が、妙にエロくてさあ……」

「おまえは本当に口が悪いな、相変わらず……」

啓一が睨《にら》んできたので、功児は一瞬息を呑《の》んだ。

「それはおまえ、うちに来てる家庭教師の先生だよ。エロいとか言うな」

「家庭教師？　朋貴の？」

「ああ」

どういうわけか、啓一は苦りきった顔でうなずいた。

「朋貴、受験失敗して予備校生だろ？　さらに家庭教師とはガリ勉だな。東大でも目指してるのかい？　しかし、あんなに可愛い先生が家庭教師じゃ、勉強にも身が入らないんじゃないの。太腿むっちりばっかり眼がいって」

わざと挑発的に言ったのだが、兄は黙ったまま酒を飲みつづけた。

なるほど。

兄のストレスの原因は朋貴ではないかと、功児は目星をつけた。

功児が朋貴に最後に会ったのは、中学生のときだ。兄嫁の血を引いた都会的な容姿をもつ、利発な少年だった。多少神経質そうなところがあるものの、誰にでも好かれるタイプと言っていい。

朋貴は兄の自慢の息子だった。兄嫁が溺愛《できあい》しているぶん、一歩下がった感じではあるものの、ふたりで飲んでいるとよく話題にしていた。

小学校でお絵かきを褒められれば、将来は画家になるかもしれないと浮き足立ち、ピアノを習いはじめれば、ミュージシャンという道もあるなと自分勝手にうなずいていた。馬鹿馬鹿しい。兄弟一の秀才も我が子のことになるとかくも慧眼《けいがん》を曇らせるものなのかと思ったが、功児は茶々を入れられなかった。

兄は自分のスクエアすぎる性格をもてあましているから、息子にはもっと自由に生きてほしいと思っているのだ。

その気持ちがせつなかった。大手メーカーのエンジニアであり、人も羨《うらや》む見目麗しい細君をもち、利発な息子がすくすく育っている。世間的には間違いなく勝ち組であり、羨望《せんぼう》の的であるはずなのに、兄は自分の人生に満足していないようだった。

「なあ、兄ちゃん……」

功児は深い溜息《ためいき》をついた。

「やっぱり、居候の話は諦《あきら》めるよ。兄ちゃんにも会えたことだし、明日《あした》からみちのくひとり旅を楽しむことにするさ」

ここはそっとしておいたほうがいいだろうと判断した。

「いや……」

兄は渋面で首をひねった。

「とにかく一日だけ待ってくれ。自分を頼ってきた弟を無下には帰せん。貴子に相談してみる。部屋割りとかいろいろあるじゃないか」

「待つのはかまわないけどさ。暇だから。でも、無理しないでくれよ」

「大丈夫だよ。心配するな」

啓一は酔眼でニヤリと笑ったが、功児には兄の気持ちがまったく読めなかった。読めないどころか、なんとも言えない違和感を覚えた。面倒見のいい長兄という体面を保つためではなく、もっと別の意図があって、引き留められているような気がしてしようがなかった。

第三章　銀色の標的

「暇だ……」

功児は畳にゴロリと寝転がり、飴色《あめいろ》に煤《すす》けた天井を見上げた。煙草を咥《くわ》え、火をつけた。しばらくやめていたのだが、あまりの退屈さに復活してしまった。窓を開けていない狭い四畳半で、紫煙が淀《よど》み、ぼんやりと消えていく。

昭和の遺物のような宿屋だった。啓一の自宅からクルマで一時間ほど走った山間部にひろがった温泉郷、その中の一軒である。

温泉郷と聞いて、おみやげ屋や射的場やストリップ小屋が賑々《にぎにぎ》しく軒を連ね、浴衣《ゆかた》に身を包んだ泊まり客が練り歩いている場所をイメージしたのだが、この地は純粋に湯治に訪れる客が多いようだ。娯楽施設はいっさいなく、苔《こけ》がむすように建った小さな宿屋がポツポツと数軒あるだけだった。

小川が流れ、その脇に露天風呂《ぶろ》がわきたつ風景の中、のんびり散歩したり、山菜料理を食する生活には、日本情緒が感じられた。都会暮らしが染みついている功児は、最初こそ新鮮さを覚え、感嘆したものの、三日もいるとうんざりしてしまった。わびさびの湯治ライフに浸りきるには、三十四歳は若すぎる。

なぜこんなところにやってきたのかと言えば、啓一の薦めだった。

歓楽街のホテルに一泊して吉報を待ったものの、兄は結局、貴子を説得することに失敗したらしい。翌日会うと頭をさげられ、金の入った封筒を渡された。一万円札が十枚入っていた。

「ひと月も旅行してるつもりなら、一週間ばかりこのあたりにいればいいじゃないか。ここいらは、秘湯や名湯の宝庫なんだ。都会の喧噪《けんそう》を離れてのんびりしたいなら、ひなびた温泉で長逗留《とうりゅう》するのも悪くないだろう」

意味がよくわからなかったのは、一週間という期限を切られたことだ。

「いまは家庭内が落ち着かないから、居候はさせてやれない。餞別《せんべつ》をやるから、申し訳ないがどこかへ行ってくれ」

と言われたなら理解できる。功児にしても、ダメモトで居候の話をしてみただけだったので、すんなりとどこかへ消えただろう。もちろん、餞別はありがたくいただくにしろ、だ。

しかし、兄は一週間後にまた戻ってこいというのだ。それまでに家庭のほうはなんとかしておくから、とりあえず温泉で都会暮らしの垢《あか》を流してこいという。家庭がどんな状況なのか、詳しい説明もないままに……。

ダメな弟を思いやってのこと、という理由だけではなさそうだった。腹にイチモツ抱えている感じがした。だが啓一は間違っても、ひとまわり年下の末弟に奸計《かんけい》を仕掛けるタイプではない。そうではなく、逆に頼りにされている感じがした。「おまえがいてくれたほうが助かるんだ」という心の声が聞こえた。そういうことなら、薦めに応じることはやぶさかではなかった。

なにしろ急ぐ旅ではない。時間だけはたっぷりとある。

具体的になにかの役に立てるとは思えなかったが、それは血の繫《つな》がった兄弟のことだ。側にいるだけで心強いということもあるだろう。

功児にしてもそうだった。功児が抱えている問題で、啓一に助けを求められることなどなにひとつない。キャバ嬢を引き抜こうとして殺されかけたという話をしたところで、驚かせてしまうだけだ。いままで自分は魂を落としたまま生きてきたのかもしれないと言ったりしたら、真顔で病院を紹介されるかもしれない。

それでも、兄の顔を見たことで心の平穏が取り戻せたのは、まぎれもない事実だった。会いにきてよかったと思った。


また日曜日が巡ってきた。

ようやく約束の一週間が過ぎたことになる。

温泉郷滞在の後半は、ほとんど刑務所にでも入れられている気分だったが、意地になって居座りつづけた。なにしろ拳銃《けんじゅう》で撃たれたのだ。日常生活では起こり得ないことが起こったわけで、自分で自覚している以上に、心に傷を負ってしまっているかもしれず、癒《いや》しの時間が必要だと思った。

朝昼晩とお湯に浸《つ》かりながら、落としてきた魂について考えた。これほど頭を使ったのは、いままでの人生で初めてではないかというくらい考えつづけた。おぼろげながら答えを出すことができたのは、眼の腫《は》れがひいたことと並んで、退屈すぎる湯治の成果と言っていいかもしれない。

本気で愛せる女を探そうと思った。

疾走するような恋をして、熱狂の渦中に身を置きたかった。

それが結論だ。

まるで乙女が夢見る白馬の王子様願望のようで、自分でも笑ってしまう。あまりの馬鹿馬鹿しさに、温泉に浸かりながらゲラゲラ笑いだし、まわりの客が眉《まゆ》をひそめて、いっせいにあがってしまったこともあった。

だが、考えれば考えるほど、自分は体目当て以外で女を口説いたことがなかった。女を口説くということは、その女を抱きたいということであり、それは動物の牡《おす》として、なんら恥じることのない、正当な行為だと思ってきたが、そんな自分の生き様に自信がもてなくなった。

とはいえ、それではどういう女なら本気で愛せるのかという段になると、途端に答えは藪《やぶ》の中になってしまう。いままで口説いてきた女にだって、なにがしかの愛情があったわけだから、愛し方に問題があったのかもしれない。啓一が貴子を愛しているように、というのがひとつの理想だったが、だからといって貴子と瓜二《うりふた》つの人物が現れればいいという問題でもない。

「それにしても……」

功児は携帯電話をもてあそびながら舌打ちした。

そろそろチェックアウトしなければならないのに、兄からいっこうに連絡が入らないのはどういうわけだろう？

向こうにも事情がありそうだから、こちらから連絡するのは控えているのだ。遠慮しているうちに、結局丸々一週間連絡はなかった。今日こそはあるだろうと待っているのに、もう正午近い。

もしかすると、と胸に暗い影が差した。

兄は最初から、餞別を渡して追い払うつもりだったのだろうか。落ち着きのないやんちゃな末弟が、刺激のない温泉郷に一週間もいられるわけがなく、きっと二、三日で痺《しび》れをきらして、どこかに行ってしまうだろうと予想していたのか。

「いや……」

功児は頭《かぶり》を振った。他の人間ならともかく、兄に限ってはそんなことはない。迷惑なら迷惑だとはっきり言うはずだし、待てと言ったなら言った理由があるはずなのだ。そういうところで姑息《こそく》な手段を使うタイプではない。

とはいえ、いつまでも待っているだけでは埒《らち》が明かなかった。

電話をした。

コール音が長く続き、留守番電話に切り替わった。お客様のおかけになった番号は、電波の届かない場所にいらっしゃるか、電源が入っていないためかかりません……。

功児は舌打ちをしてから深い溜息《ためいき》をついて、畳に寝転がった。

宿を出て兄の家に向かった。

このまま立ち去ってしまったほうがいいのではないかと思いながらも、なかなか踏ん切りがつかず、無為なドライヴに時間を費やした。結局、黙って立ち去ることはどうしてもできなかった。宿を出てから何度も電話したのに、繋がらなかったせいだ。兄の身に、あるいは兄の家族に、なにか抜き差しならない事態が起こっているのかもしれず、それが気になった。

時刻は午後三時だった。

二回目の訪問だというのに、似たような家が並んでいるので、再び迷った。クルマを停め、一軒一軒表札を確認していかなければならなかった。

ようやくのことで自分と同じ名字を見つけだし、アプローチに続く門を開けたとき、頭の上から視線を感じた。見上げると、二階の窓辺に女が立っていた。

清純そうな黒い髪に、輝くばかりに白い肌、大きな眼……。

ドキンとひとつ、心臓が跳ねあがる。

この前の女だった。

本当に兄の家で家庭教師をしているらしい。

女は功児と眼が合っても表情を変えず、レースのカーテンを素早く閉めた。

功児はしばらく動けなかった。

理由はよくわからないが、彼女を見るとどういうわけか、全身の血液が逆流していくような、不思議な感覚にとらわれる。

気を取り直して玄関の呼び鈴を押した。

しばらくして兄が顔を出し、

「なんだ、おまえか……」

開口一番そう言った。

「なんだとはひでえな……」

功児は呆《あき》れた顔で言い返した。

「一週間後に連絡しろなんて言っておいて、いくら電話しても出ないしさ。ったく、どうなっちゃってるの？」

「えっ？　そうだったか……」

啓一は気まずげに苦笑した。本気で焦っているようだった。つまり、自分との約束を本気で忘れていたのである。

「すまなかったな。とりあえずあがれよ」

「大丈夫なのかい？」

功児は意味ありげに声をひそめ、眼顔で家の中を指した。

「いまならな」

「貴子さん、留守なんだ？」

「ああ」

兄はうなずいた。

「ただ息子の家庭教師が二階に来てるから、静かに頼む」

功児は内心で、それはわかっている、とつぶやきながら家にあがった。今日はツイていたようだ。黙って立ち去らなくてよかった。もしかすると、彼女とお茶の一杯でも飲めるような展開になるかもしれない。

功児がリビングのソファに腰をおろすと、不在の兄嫁に代わって、兄が湯を沸かし、お茶を淹《い》れてくれた。なんだか様子がおかしかった。顔色が妙に白いし、そわそわと落ち着かない。

居候の件について、兄嫁との話しあいがこじれたのかもしれない、と思った。ならば、生真面目な兄にこれ以上気を遣わせるのは気の毒だった。居候はやめにして旅を続けることにしたと、先に伝えておいたほうがよさそうだ。

ところが、兄がお茶を運んできたところで、玄関の呼び鈴が鳴った。

「……なんだろう?」

兄は苦笑して玄関に向かった。

嫌な予感がした。

兄嫁だったら最悪だ。話しあいがこじれているところに、功児があがりこんでお茶を飲んでいたら、気分を害するに違いない。兄嫁は美人で聡明《そうめい》でエレガントだったが、そういうところはひどく繊細な神経の持ち主なのだ。

リビングには勝手口があった。いったんそこから外に出て、様子をうかがったほうがいいかもしれない。呼び鈴の主が兄嫁でなかったら、煙草でも吸っていたふりをして戻ってくればいいだけだ。

靴を取るため、抜き足差し足で玄関に向かう。

しかし、リビングに戻ろうとして、足をとめた。扉の向こうから聞こえてくる声は、女のものだった。兄嫁の声ではない。だが、なんだか様子がおかしかった。女の声はあからさまに尖《とが》って、兄を糾弾していた。

「日曜日だっていうのに、せっせと外で浮気してるんです。どこの家でも、日曜日っていうのは家族団欒《だんらん》で過ごすものなんじゃないんでしょうか？　お宅は違うんですか？　日曜日に奥様が外の男とセックスしていても、平気ってことなんですか？」

「ちょっと待ってくださいよ……」

兄が弱りきった声で答える。

「それじゃあ、あまりに話が一方的すぎる。浮気に関して、家内にすべての責任があるような言い方だ……浮気っていうのは普通、男が女を誘うものじゃないんですかね？　百歩譲って妻が誘ってるにしろ、僕は妻の浮気の実情についてまだなにもわかってないんです。知っていることがあるなら教えていただけませんか？　そのほうが解決への道も近い」

「お断りします。わたしは個人情報をお知らせしたくないんです。あなたが奥様の素行を正してくだされば……日曜の真っ昼間から人の夫とベッドでイチャイチャするような、泥棒猫みたいな真似をしないように叱りつけてくれれば、それでいいんです」

「だったら、もうしばらく時間をください。そうとしか言いようがない」

「そんなに難しい話でしょうか？　奥様が家から出ていかないように言ってくれればいいだけなんですよ」

「犬や猫じゃないんだから、首に縄をつけておくわけにもいかんでしょう」

功児は息を呑《の》んだまま動けなかった。

聞き捨てならないやりとりだった。

要するに、兄嫁は浮気をしていて、浮気相手の細君が文句を言いに怒鳴りこんできたという図式らしい。

すべての謎がとけた。兄が思い悩んでいたのは、朋貴についてではなく、愛妻の浮気についてだったのだ。「おまえ、ネトラレって知ってるか？」と酒で呂律《ろれつ》がまわらなくなった口で、兄が言っていたことを思いだした。

それにしても、兄を責めている女の言い分はあまりにも身勝手すぎる。夫を寝取られて頭にきているのはわかるが、「個人情報をお知らせしたくない」とはどういう了見だろうか。ずいぶんと上から目線な口のきき方である。

功児は再び抜き足差し足でリビングに戻ると、勝手口から外に出た。

兄と睨《にら》みあっている女はヴァイオレットブルーのスーツを着ていた。年は三十代後半。容姿は美人と言ってよかったが、口調通りに高慢そうだった。おまけに、背後に停まっているのは、チェリーレッドのメルセデスである。女のクルマらしいが、どう見ても買ったばかりの新車だった。

功児は道に迷ったため、兄の家から少し離れた路上にＢＭＷを停めてあった。こちらは十年落ちの中古だが、停めてある場所は尾行を開始するのにうってつけだった。

チェリーレッドのメルセデスは、なめらかかつ軽快なドライヴィングで国道を北上していった。

目的地はパチンコ屋だった。東京では考えられない広大な駐車場にメルセデスは入っていき、女はクルマを降りると、パンプスの踵《かかと》を高慢に鳴らして店の中に歩を進めた。

功児もあとを追った。高級外車を乗りまわしているのだから、もしかすると経営者夫人かもしれないと思ったが、普通に台の前に座って玉を打ちはじめた。

功児はひとまず、ホールを徘徊《はいかい》して様子を見ることにした。

駐車場も広大だったが、ホールも異様に広く、延々とパチンコ台が並んでいる光景はある意味壮観で、おまけに席は八割方埋まっていた。

暇だねえ、と功児は胸底で吐き捨てた。

田舎では娯楽も少ないのだろうが、せっかくの日曜日にパチンコ屋に来て散財するなんて馬鹿げている。いくら気合いを入れて玉をはじいたところで、勝つのは胴元であるパチンコ屋なのだと、どうして気づかないのだろうか。

功児はギャンブルが嫌いだった。

ギャンブラーの多くが、負けるために有り金を叩《はた》くからだ。その証拠に、勝った金をそっくり次の勝負に注ぎこむ。負けるまでやる。負けることで生きている実感を得ようとしている。自分なら、勝算のないナンパはしない。口説けそうもない女を口説かない。

だが、ホールを一周して戻ってきた功児は、苦笑を浮かべなければならなかった。女が打っている台が派手に点滅し、大当たりを告げていたからである。まだ座って五分と経っていないのに、大箱にジャラジャラと銀の玉を落としている。

それでも、女の眼はどこか虚《うつ》ろだった。大当たりに興奮することもなく、淡々と大箱に玉を落とし、いっぱいになると店員が背後に箱を積みあげていく。心は一か八かのギャンブルにではなく、夫の浮気に占領されているのだろうか。

「また、出してやがるよ」

「勝つ気がねえと、かえって玉は出るもんなのかねえ」

近くでふたりの中年男が顔をしかめた。視線の先には女がいた。お互いにこの店の常連のような雰囲気である。

中年男たちがテレビの前の休憩所に移動したので、功児もあとを追った。いかにもうだつのあがらない感じのふたり組だった。ベンチに腰をおろしたので、功児もその隣に腰をおろす。

「ツイてる人はツイてるんですねえ。座って五分であれだもんなあ」

女を見やり、忌々しそうにつぶやくと、

「まったくだよ」

男のひとりが乗ってきた。

「知ってるかい？　あの女、駅前の大病院の院長夫人なんだぜ。真っ赤なベンツ乗りまわしてて、金なんて腐るほどあるだろうに、台に座ると玉が出る。金は金持ちが好きだって本当の話なんだねえ」

「ほう、大病院の院長夫人……」

功児は煙草に火をつけた。

「まあ、後妻なんだがね。二番目の妻。金目当てに結婚したんだろうよ。あっ、一本もらっていい？」

功児は男に煙草を差しだし、火をつけてやった。

ベンツに乗り、身なりもきちんとしているから、それなりに裕福そうだとは思っていたが、大病院の院長夫人とは恐れ入る。こんな田舎町ではトップランクのセレブだろう。逆に言えば、兄嫁は大病院の院長とW不倫をしているということだ。さすがというのもおかしいが、貴子ほどの美人なら、どんな男を手玉にとってもおかしくないにしろ、大物を釣りあげたものである。

とはいえ、他人であればともかく、兄の愛妻に浮気を続けさせておくわけにはいかない。

いや、その前に、夫を寝取られてヒステリーを起こしている女を、黙らせなければならなかった。人の浮気を糾弾できなくさせるには、彼女にも浮気の味を知ってもらうのが手っ取り早いだろう。

紫煙を吐きだしながら、女を見た。

やはり美人と言っていい。ただし、顔立ちは整っているが険がある。それがヴァイオレットブルーのスーツ姿と相俟《あいま》って、暗い色香を漂わせていた。経験則で言えば、紫系の服は欲求不満の象徴だ。暗さの内実は、夫を寝取られていることへの怒りが半分、心身ともに満たされていない欲求不満が半分といったところか。寝技に持ちこむのは、それほど難しくない気がする。

問題はやり方だった。

街中でキャバクラ嬢のスカウトをする場合、雑誌の取材を装って近づいていくのが、功児のいつものナンパ術だった。しかし、その際に最大の武器となる一眼レフカメラを、新宿の店に置いてきてしまった。手ぶらで取材を口にしては、あからさまに嘘の匂いが漂ってしまう。だいたい、相手がセレブであれば、取材を装う方法は安っぽすぎるかもしれない。もっとインパクトがある出会いを演出したほうが、成功の確率が高くなるのではないだろうか。

考えたすえ、いささか強引な手段を使うことにした。

空いている台で適当に遊びながら時間を潰《つぶ》し、女の大当たりが終わるのと、休憩所の男たちが姿を消すのを待った。その時が来ると、おもむろに立ちあがって、女の後ろの通路に向かった。

パチンコ屋の台と台の間の通路は狭い。背中を向けあって座っている客の間を、縫うようにして進んでいく。女の足元には銀の玉が入った大箱が積みあげてあった。五箱が二列、まさに大当たりだ。

功児は体を横向きにして、狭い通路に往生しているふりをしながら、ブーツの爪先《つまさき》を玉の入った大箱に引っかけた。そのままひっくり返し、銀色に輝く出玉をすべて、床にぶちまけてやった。ジャラジャラと音がたち、女はもちろん、まわりの台で打っていた客が、いっせいに振り返った。

「すっ、すいませんっ！」
功児は芝居じみた大仰な声をあげて、床に這《は》いつくばった。四方八方に転がってい
く銀の玉を、両手ですくって箱に戻した。もちろん、間に合うはずがなかった。まわ
りの客がいっせいに立ちあがり、玉の流れを足でせきとめてくれる。それでも間に合
わない。店員が駆けつけてくる。
女はひとり、椅子から腰もあげないまま、あわてふためくまわりの様子をぼんやり
と眺めていた。

時刻は夕方を過ぎていた。

出入口の自動扉が開くと、外はすでに暗かった。

すべての出玉を景品に交換した女が、店を出ていく。換金所には向かわず、駐車場
に停めたメルセデスに向かっている。

功児は米搗《こめつ》きバッタのように頭をさげながら、女のあとについていった。

「すいませんっ！　本当にすみませんでしたっ！」

「もういいのよ」

女はひどく煩わしそうに言い、功児には一瞥《いちべつ》もくれない。読みがはずれた。出玉を

床にぶちまければ、女も一緒になって玉を拾ってくれ、その過程で仲良くなれるはずだと功児は踏んでいたのだ。

すべての玉を拾い終えたあと、お詫《わ》びに食事でもと切りだすのは、自然な流れだろう。普段ならあり得ないアクシデントをともに乗り越えたことで、女も興奮しているはずだから、誘いに乗ってくる可能性は高いはずだった。

しかし、女は功児になど一ミリたりとも興味がないという態度を、徹頭徹尾崩さなかった。いくらこちらが悪いとはいえ、手を真っ黒にして玉を拾ったのに、ねぎらいの言葉ひとつかけてくれない。

プライドが傷つけられた。いけると踏んでモーションをかけた女に、ハナも引っかけられなくては男がすたる。相手は大病院の院長夫人かもしれないが、こちらにしても大東京の盛り場でナンパの腕だけは日々磨きあげてきたのだ。

「本当にもういいから」

チェリーレッドのメルセデスまで辿《たど》りつくと、女は振り返って功児を見た。まるで能面のように無表情だった。

「でも、全部は拾いきれなかったでしょうし、その分は僕が補塡《ほてん》を……」

功児が卑屈な眼を向けると、

「いいって言ってるでしょ」

女は面倒くさそうに首を振った。

「退屈しのぎにやってただけだから、勝っても負けてもいいのよ。だから気にしないでちょうだい」

顔をそむけ、スマートキーでメルセデスの鍵《かぎ》を開けた。功児のことを虫けら同然に無視して、視線を断ち切るように背中を向けてくる。

「わざとですよ」

功児は声音を低く絞った。女が振り返ると、睨《にら》みつけた。卑屈な眼つきをやめて、射るような視線を真っ直ぐに向けた。

「俺、わざと箱を蹴《け》っ飛ばしたのに、暢気《のんき》だなあ、奥さん」

からかうように言ってやると、

「どういう意味？」

女は眉《まゆ》をひそめた。

「わざと人の箱を蹴るなんて……自分が勝てない八つ当たりかしら？」

「違いますよ」

「じゃあ……」

「奥さんにコネをつけたかったんです。こんな田舎のパチンコ屋なのに、あんまり綺《き》麗《れい》な人がいるんでね。仲良くなるためにわざと蹴って、食事にでも……いや、正直に言えばベッドに誘ってやろうと思って」

功児がニッと笑いかけると、女の無表情は崩れた。怒りに頬がぶるぶると震えだし、白い顔が赤く染まっていくのが夜闇の中でもはっきりわかった。怒声でもあげようとしたのだろう。女は口を開いた。しかし、その口から声が放たれることはなかった。

「うんんっ……」

功児がキスで塞《ふさ》いだからである。

あたりに人影がなく、夜の帳《とばり》がおりているとはいえ、誰が来るかわからない駐車場だった。女は焦り、眼を白黒させたが、功児は舌を差しこみ、キスを深めた。女から抵抗の気力を奪うまで、しつこく舌をからめまわした。

第四章　手練手管

女は怒っていた。

功児はそれに気づかないふりをした。

女の名前は鈴原千佳《すずはらちか》。年は三十六歳。

それ以外のプロフィールは、とりあえず訊《たず》ねずにおいた。情事をすませてから訊ねたほうが、嘘のない情報を引きだせると思ったからだ。

ふたりは国道沿いにあるラブホテルに来ていた。ダークオレンジの間接照明、ワインレッドの壁や絨毯《じゅうたん》、キングサイズのダブルベッド……性交のためにだけ用意された窓のない密室は、男と女の脂ぎった欲情が長年にわたって染みこんで、淫靡《いんび》な空気が充満している。

そんな中に立っていると、千佳の暗い色香は輝きを増した。光に満ちたパチンコ屋では影になっていた部分が、艶《なま》めかしい黒光りを放ちはじめたようだった。挑むように睨みつけてくる表情が、そんなふうに見せるのかもしれない。

「奥さん……」

功児はヴァイオレットブルーのスーツに包まれた千佳の腰を抱き、口づけをしようとしたが、

「待ちなさい」

千佳はキッと眼を吊《つ》りあげて功児の口を押さえた。先ほども聞いた台詞《せりふ》だった。功児はパチンコ屋の駐車場で長々とキスを続け、彼女から抵抗の気力を奪うと、今度はスーツの上から体をまさぐった。その場で犯してしまうような本気の愛撫《あいぶ》で翻弄《ほんろう》し、勃起《ぼっき》しきった股間《こかん》を彼女の太腿《ふともも》にぐいぐいと押しあてた。

「待ちなさい」

千佳は怒りに声を震わせた。舌をしゃぶられることを拒めなくなっているのに、気丈な女だった。

「こんなところで、いったいなにを……」

「じゃあ、ふたりきりになれるところに行ってもらえますか？」

千佳は逆らえなかった。逆らえば、その場でスカートの中に手が忍びこんでくると思ったのだろう。

功児は自分のBMWに彼女を乗せ、ラブホテルまでやってきた。なんの説明も説得もしなかった。車中で交わした会話は、彼女の名前と年齢を訊ねたことと、自分のそれを伝えただけである。念のため、佐内の姓までは名乗らなかったが。

「わたし、そんなつもりでここに来たんじゃない……」

千佳は顔を振って功児の口づけから逃れつつ、子供じみた台詞を口にした。怒った顔をしていることも含め、すべては自分に対する言い訳だ。

「じゃあ、なにしに来たんです？」

「それは……話とか……」

「抱きたいんですよ、奥さん。ひと眼見た瞬間、そう思った。こんなことは滅多にないことなんですよ。ああ、こんな田舎にも、こんなに綺麗でセクシーな人がいるんだって、俺、感動したんですから」

胸が悪くなりそうなほど甘ったるい言葉を並べたて、千佳の顔をのぞきこんでやる。千佳が顔をそむけると、服を脱がしにかかった。ジャケットを奪い、スカートを絨毯に落とした。ブラウスのボタンまではずし、脱がせてしまう。

「ああっ、いやっ……」

黒いレースのランジェリーを露《あら》わにされた千佳は、自分の体を抱きしめていやいやと身をよじった。大病院の院長夫人といっても、所詮《しょせん》は女。脱がされれば弱いものだ。これからもっと、弱さをさらけだすことになる。

功児はベッドに千佳を押しあげた。黒い下着を着けた三十六歳の人妻は、糊《のり》の利いた白いシーツの上でしなをつくると、ますます淫《みだ》らなオーラを放った。

黒いレースのブラジャーとショーツに加え、ナチュラルカラーのパンティストッキングがまだ下肢を包みこんでいる。

パンストは人に見せるためにつくられているわけではないから、どんな女もそれを着けた姿は滑稽《こっけい》なものだ。真っ赤なベンツを転がしているセレブ夫人ともなれば、滑稽さがいっそ卑猥《ひわい》だった。パンストを脱いで、上下の下着になったほうがまだマシであることを彼女もわかっているようだったが、自分から脱ぐわけにもいかない。葛藤《かっとう》が卑猥さに拍車をかける。

功児は自分もブリーフ一枚になり、ベッドにあがった。

千佳はまだ怒っている。怒りながら混乱している。「どうして、どうして」と口の中でもごもご言いながら、恨みがましい眼を向けてくる。自分でも、なぜ見知らぬ男と情事を開始しようとしているのか、訳がわからないのだろう。

だが、功児に言わせれば簡単な話だった。彼女の夫は浮気をしている。つまり、彼女は最近、夜の営みをおあずけされているに違いない。心ではなく体が、いささか強引に迫ってくる年下の男の誘惑に反応してしまったわけだ。

「奥さんが悪いんですよ……」

功児は熱っぽくささやきながら、千佳に身を寄せていった。腰から尻《しり》に向かって、手のひらを這《は》わせていく。熟女らしい量感あふれる尻だった。若い女にはない、脂の乗った丸みが、二枚の下着越しに伝わってくる。

「どうしてわたしが……」

いちいちキッと眼を吊りあげるところが素敵だった。どうせもうすぐ、そんなこともできなくなるだろうが。

「奥さんが魅力的すぎるからいけないんです」

「……んんっ！」

尻の桃割れに指を這わせていくと、千佳は身をかたくした。しかし指には、妖《あや》しい熱気がからみついてくる。いくら表情で戸惑って見せても、体の火照りは隠しきれない。

「奥さんだって、ホントは俺とこうしたかったんでしょ？」

ナイロンのざらつきを指で味わいながら、桃割れを撫《な》でさすってやる。熱気だけではなく、じっとりした湿気まで奥から漂ってくる。

「俺にセックスアピール感じちゃったから、わざと冷たい素振りをして……取りつく島もないツンツンした感じで……」

「そ、そんなことっ……」

あるわけがないという顔で、千佳は睨《にら》んできた。たしかにそうかもしれない。だが、人の気持ちなどいい加減なものだ。いったん愉悦の海に沈んでしまえば、もしかしたら自分もしたかったのかもしれない、と過去の記憶を簡単に塗りかえる。

「違うんですか？」

功児は桃割れを撫でていた手を、千佳の胸に伸ばした。愛撫のギアを一段あげ、黒いレースのブラジャーの上から、ふくらみをぐいぐいと揉《も》みしだいた。

「あああっ……」

「ホントはこんなことされたかったんでしょ？　ほら！　ほら！」

ブラジャーの上から双乳を揉みくちゃにすると、

「ああっ、いやあっ……」

千佳は首を振りながらも、眼の下をねっとりと紅潮させた。激しくされるのが好きなタイプらしい。あるいはそれほど、欲求不満が溜《た》まっているのか。

功児はブラジャーを奪った。たわわに実った白い乳房がこぼれた。裾野《すその》にたっぷりと量感がある、いかにも熟れた肉房だった。あずき色にくすんだ乳首も、感度がよさそうだ。

「エッチなおっぱいだ……」

裾野からすくいあげ、やわやわと揉みしだいた。見た目から伝わってくる以上に柔らかく、指が簡単に食いこむ。搗《つ》きたての餅《もち》のような感触で、自然と指先に熱がこもっていく。むぎゅむぎゅと変形させてやると、まだ触れていないのに乳首がぽっちりと頭をもたげてきた。

「あああっ……」

「感じやすいんだね、奥さん」

勝ち誇った顔で笑いかけてやると、

「かっ、感じてなんかっ……」

千佳は首を振りつつも、脚をからめてきた。ストッキングを穿《は》いたままなので、ざらついた感触が妖しかった。功児のほうからもからめていき、千佳の両脚の間に片脚を入れる格好になった。股間《こかん》に太腿《ふともも》をあてがい、ぐいぐいとこすりたててやる。

「くぅうっ！」

千佳が痛切な悶《もだ》え声をあげた。理由はあきらかだった。二枚の下着に包まれているにもかかわらず、彼女の股間はじっとりした熱気を放ち、それが太腿に生々しく伝わってくる。

彼女の欲求不満は偽物ではないようだった。

功児は太腿を千佳の股間にあてがったまま、白い乳房を揉みしだいた。量感があって柔らかく、面白いように変形する乳肉だったので、マヨネーズのチューブを絞りあげるようにして、先端を尖《とが》らせた。そうしておいて舐《な》めた。まずは舌先でチロチロとくすぐってから、口に含んでしゃぶりあげた。

「ああぁっ……はぁあああっ……」

千佳が息をはずませ、背中を弓なりに反らせていく。首筋から胸元にかけて白い素肌が紅潮し、噴きだした汗でキラキラと輝きはじめる。功児はもう、彼女の両脚に挟まれた太腿を動かしていなかった。代わりに彼女が動いていた。太腿で太腿を挟み、自分で股間をこすりつけてくる。いやいやと身をよじるふりをして、おのが性感帯をきっちりと刺激している。

「いやらしいな、奥さん」

功児は意地悪く唇を歪《ゆが》めた。

「そんなつもりじゃなかったなんて言って、腰が動いてるじゃないですか。自分からオマンコこすりつけて……」

股間に密着した太腿をぶるぶるっと震わせてやると、

「くぅううぅっ！」

千佳はせつなげに眉根《まゆね》を寄せ、赤く染まった首を振りたてた。悔しげに唇を噛《か》みしめている横顔からは、プライドの高さが伝わってきた。しかし、メイプルブラウンに染められた長い髪が、白いシーツの上で波打つようにうねうねとうねっている様子からは、燃え盛る性感の高まりばかりが伝わってくる。

功児は上体を起こし、千佳の下半身から下着を奪いにかかった。ナチュラルカラーのストッキングは、早くも発情の汗でじっとりと湿っていた。果物の薄皮を剥《む》くように極薄のナイロンを剥《は》がしていくと、汗の匂いが鼻についた。続いてショーツも奪いとると、むっと湿った獣じみた匂いがたちのぼってきた。

熟れた女の匂いだった。

眼も眩《くら》むほど深く濃い性臭が、功児の欲情に火をつけた。

「たまりませんよ、奥さん」

熱っぽくささやきながら、手指を股間に伸ばしていく。興奮しすぎて逆立っている逆三角形の草むらを撫で、繊毛をつまみあげる。

「いやっ……」

千佳は顔をひきつらせてぎゅっと太腿を閉じたが、貞操観念を発揮したわけではない。両脚の間が、疼《うず》いてしまってしようがないだけだ。

「舐めてあげますからね、たっぷりと。クリトリスがふやけるくらい……」

「ううう……あああっ……」

両脚をM字に割りひろげると、千佳は恥辱にあえいだ。M字開脚の中心では、女の花が咲き誇っていた。ややくすんだアーモンドピンクの花びらは、いやらしいくらい肉厚だった。あるいは興奮のために肥厚しすぎているのかもしれない。結合し、ピストン運動をしたときの弾力がありありと想像できる。

ふうっ、と息を吹きかけると、

「うっくっ……」

千佳はうめき、獣じみた発情のフェロモンを孕《はら》んだ空気が功児の顔に跳ねかえってきた。息を吹きかけただけで、白い太腿をぶるぶると震わせるほど高ぶっている。肉の合わせ目さえ、いまにも勝手に口を開いて、涎《よだれ》じみた分泌液をタラタラとしたたらせそうだ。

　功児は舌先を尖らせ、肉の合わせ目をツツーッとなぞった。

「あううう一っ！」

　千佳がのけぞって悶え声をあげる。量感あふれる双乳をタプタプと揺れはずませ、逆立った恥毛をますます逆立たせて身をよじる。その卑猥《ひわい》すぎる光景を功児はクールに眺めつつ、舌を使った。ツツーッ、ツツーッ、と繰り返し舐めあげて、合わせ目をほつれさせていく。次第に、つやつやと輝く鮭肉色の粘膜が顔をのぞかせてくる。こってりと濃厚な匂いを放つ獣じみた匂いを振りまきながら、発情のエキスをあふれさせ、アヌスのほうにしたたらせていく。

「感じてるんでしょ？　燃えてるんでしょ？　こんなにお漏らしして……」

「ああっ、いやあっ……いやあああっ……」

　千佳は羞《は》じらいに歪んだ声をあげつつも、みずから脚を開いて股間を出張らせてきた。言葉と動きが、まるで一致していない。

　功児は花びらを片方ずつ口に含み、丁寧にしゃぶりあげた。心の中で、俺がこんなにサーヴィスするのは珍しいんですよ、とつぶやく。相手がキャバ嬢なら手指の愛撫《あいぶ》ですませるところだが、彼女はきっちりカタに嵌《は》めてやらなければならない。兄嫁のご乱心を改悛《かいしゅん》させることまで視野に入れれば、グウの音も出ないほどイキまくらせ、言いなりになるようにしておく必要がある。

いや……。

なにもそんな理由だけで、功児はクンニリングスに励んでいるわけではなかった。水商売の女以外を抱くことが久しぶりだったし、なにより彼女はセレブな人妻。この手で骨抜きにしてやりたいという雄々しき欲望が、身の底からこみあげてくる。

「あああっ……はぁあああっ……」

左右の花びらが揚羽蝶《あげはちょう》のようにぱっくりと開ききるまで舐めしゃぶってやると、千佳は体中に汗をかいた。甘ったるい匂いのする、発情の汗だった。まだ序の口なのに、かなりの燃え具合だ。

功児は肉の合わせ目の上端に指を伸ばし、クリトリスの包皮を剝いた。剝いては被《かぶ》せ、被せては剝き、珊瑚《さんご》色に輝く真珠肉を淫《みだ》らに尖らせていく。千佳のクリトリスは大きめで、愛撫欲しさに身悶《みもだ》えている様子が、たまらなくいやらしい。

舌先を尖らせ、ちょん、と突くと、

「はぁあううぅーっ！」

千佳は甲高い悲鳴をあげて、背中を弓なりに反らせた。感度も最高らしい。功児は尖らせた舌先を、クリトリスのまわりでくるくると動かし、唇を押しつけて吸いたてる。そうしつつ、指ではヌメッた穴をまさぐっている。くすぐるように浅瀬を穿《うが》っては、ヌプヌプと埋めこんでいく。

「はぁあううっ……くぅううううっ……」

千佳の呼吸は切迫し、紅潮した首に何本も筋を浮かべて悶えている。功児は舌と唇でクリトリスを刺激しながら、指を深々と挿入し、鉤状《かぎじょう》に折り曲げた。指腹が、ざらついた上壁にあたった。Gスポットだ。ヴィーナスの丘を挟んで、女の急所を外と内から同時にとらえた。

「いっ、いやっ……」

千佳の顔がひきつる。功児はかまわず、鉤状に折り曲げた指を抜き差しし、クリトリスを舌先で転がした。じゅぼじゅぼと卑猥な音がたったが、

「はぁおおおおおおーっ！」

獣じみた千佳の悲鳴がそれを掻《か》き消す。功児の舌先に転がされているクリトリスが、ひときわ大きく尖りきり、女体の欲情を伝えてくる。ざらついた上壁を指腹で掻き毟《むし》るほどに、膣奥《ちつおく》から匂いたつ粘液があふれだす。潮さえ吹きそうな勢いで、功児の手

首まで発情の分泌液をしたたらせる。

「ねえ、奥さん、感じてるんでしょ？」

「かっ、感じてなんかっ……」

「感じてますよ、潮吹きそうじゃないですか？」

じゅぼじゅぼと音をたて、指の出し入れを激しくすると、

「くぅううっ！」

千佳は白い喉《のど》を突きだして悶絶《もんぜつ》した。いまにもオルガスムスに駆けあがっていきそうだったが、功児は指使いに緩急をつけて決して頂点まではのぼりつめさせてやらない。イカせるのは、まだ早かった。彼女がまだ、プライドを保ったままだからだ。このままイカせても、訳がわからない状態で体が反応しただけだと思うだろう。オルガスムスに達してしまったのは、夫がかまってくれない欲求不満のせいだと、自分で自分に言い訳するだろう。

それではうまくなかった。

功児は蜜壺《みつつぼ》から指を抜いた。

「あああぁっ……」

千佳が眉尻《まゆじり》をさげた泣きそうな顔で、やるせない悲鳴をあげる。もう少しで、抜か

ないで、と叫び声をあげそうだった。しかし、おねだりの言葉を口にしないということは、やはりまだプライドが残っている証拠だ。

「こっちも、もう我慢できなくなっちゃいましたよ」

ブリーフを脱ぎ捨て、勃起《ぼっき》しきった男根を取りだした。唸《うな》りをあげて反り返り、臍《へそ》を叩《たた》く勢いで鎌首をもたげたイチモツを見て、千佳が眼を丸くする。だがすぐに、眼は細められた。潤んだ瞳《ひとみ》をますますねっとりさせて、初対面の男のペニスを見つめてきた。

「可愛いなあ、物欲しげな顔して」

「誰がっ……」

千佳は顔をそむけ、両脚を閉じた。功児はその両脚をあらためてM字に割りひろげると、そそり勃《た》った男根の裏側で、びしょ濡《ぬ》れの割れ目をこすりたてた。卑猥に肥厚した花びらの感触と、ヌルヌルした粘膜の感触が、たまらなくいやらしいハーモニーを奏で、男根をひときわ硬くみなぎらせていく。

「ううぅっ……くぅううっ……」

千佳の顔が紅潮していく。男根がすべり、切っ先が穴の入口に近づくたびに、息を呑《の》んでいるからだ。今度こそ貫かれるのか、ついに貫かれるのか、と期待と不安に身をすくめ、呼吸をすることも忘れている。

「いきますよ……」

功児は照準を合わせてささやいた。息を吞んでいる千佳と視線をぶつけあいながら、ゆっくりと腰を前に送りだしていく。よく濡れた花びらを巻きこんで、亀頭《きとう》を割れ目にずぶりと沈めこむ。

「んんんんーっ！」

千佳は紅潮した頰をひきつらせたが、眼を閉じなかった。ぎりぎりまで細めた眼で、濡れた瞳を向けてきている。狼藉《ろうぜき》を働く男から、眼を離さない気丈さがまぶしい。まだそんな眼ができるのか、と功児は胸底でつぶやいた。まるで、いにしえの姫君のように、誇り高い女だ。

しかし、誇り高さがかえって命取りになる場合があることを、彼女は知らない。世間知らずなところも、城の中だけで生きる姫君並みなのだろうか。

功児は奮い立った。ここから先のシナリオを、甘口から激辛へと変更することにした。

「むううっ！」

千佳の両膝《りょうひざ》をつかむと、M字開脚を閉じられないようにして、ずんっ、と突きあげた。勃起しきった男根を深々と埋めこみ、田楽刺しにしてやった。

「あああああーっ！」

千佳がのけぞり、身をよじらせる。しがみつくところが欲しかったのだろう、両手を伸ばしてきたが、功児は抱擁に応《こた》えてやらなかった。上体を起こしたまま、結合部をまじまじと眺めた。

「入っちゃいましたよ、奥さん。奥までずっぽり……」

ささやきながら腰をまわすと、

「くううっ！　くぅうううーっ！」

千佳は恥辱に顔をくしゃくしゃに歪《ゆが》めながら、唇を噛《か》みしめた。まだプライドは折れないらしい。素晴らしい女だった。功児は体中の血液が興奮でたぎっていくのを感じながら、右手を結合部に伸ばした。親指で、クリトリスをピーンとはじいた。

「はっ、はぁあううう一っ！」

千佳が眼を見開く。先ほど施したクンニリングスで、彼女の真珠肉は包皮を完全に剝きっていた。剝きだしの状態で膨張し、卑猥《ひわい》に尖《とが》りきり、愛撫《あいぶ》を求めてプルプルと震えている。

「やっ、やめてっ……そこはっ……そこはやめてえええええーっ！」

絶叫は尻上《しりあ》がりに甲高くなり、喜悦の悲鳴に変わった。功児が親指でクリトリスをはじきながら、本格的に腰を使いはじめたからだ。勃起しきった男根を、ゆっくりと入れて素早く抜いた。抜くたびに肉竿《にくざお》に吸いついてくるアーモンドピンクの花びらを眺めながら、ぐいぐいとピッチをあげていく。

「ああっ、いやあああっ……やめてっ……許してえええええーっ！」

千佳は脚を閉じようとしたが、功児はもちろん許さなかった。片手と片肘《かたひじ》でしっかりとM字開脚をキープする。

「感じてるんでしょう、奥さん？」

ぬんちゃっ、ぬんちゃっ、と音をたてて、渾身《こんしん》のストロークを送りこんでいく。千佳の蜜壺は、奥の奥までよく濡れていた。凶暴に張りだしたカリのくびれで発情のエキスを掻きだすようにして、抜き差しした。そうしつつ、親指を小刻みにうごかして、クリトリスを絶え間なくはじいている。内側からと外側からの強引な波状攻撃で、女体をみるみる追いこんでいく。

「ダ、ダメッ……」

千佳が唇をわななかせた。

「そ、そんなにしたらっ……そんなにしたらあああっ……」

「イッちゃうんですか？」

功児はニッと笑いかけた。

「感じてないなんて言ってたくせに……まだ入れたばっかりですよ」

「くぅうう……くぅううう……」

千佳は悔しげに睨《にら》んできたが、その眼の光は欲情の涙の向こうでいまにも消えてしまいそうだった。自分では制御できない性感の高まりに戸惑った表情が、たまらなく可愛らしい。すがるような眼つきに、ぞくぞくしてしまう。

「イケばいいですよ」

功児はストロークのピッチをあげた。パンパンッ、パンパンッ、と豪快な打擲《ちょうちゃく》音を鳴らし、最奥にある子宮を亀頭で叩きのめした。

「感じてないなんて嘘ばっかり言ってないで、イケばいいんですよ」

「はっ、はぁあうううううーっ！　イッ、イクッ……そんなにしたら、イッ、イッちゃうっ……」

千佳は白い喉を突きだして身をよじった。M字開脚の下半身を、ビクビクと波打たせて、オルガスムスに達した。

功児は腰の動きを中断した。それでも千佳は、うめきながら身をよじる。M字開脚を強制された恥ずかしい姿のまま、五体の肉という肉をぶるぶると痙攣《けいれん》させ、恍惚《こうこつ》をむさぼり抜いていく。みずから脚を開き、股間《こかん》を押しつけ、勃起しきった男根をしたたかに食い締めてくる。

たまらなかった。

嫌がる女を無理やりベッドに誘いこみ、イキまくらせるのはいつだって至上の悦《よろこ》びに満ちていたが、相手がセレブともなればその味わいは格別だった。女としてこれ以上ない恥をかかされ、千佳はむせび泣きながら体を痙攣させている。プライドがポッキリ折れた音さえ聞こえそうで、おまけに動きをとめても、絶頂に達した蜜壺《みつつぼ》は男根をぎゅうぎゅうと食い締めている。

「さて……」

功児は千佳の痙攣がおさまるのを待ってから、ささやきかけた。

「今度はこっちが愉《たの》しませてもらう番ですね」

「あああっ……あああっ……」

あえぐ千佳の瞳には、はっきりと恐怖が張りついていた。このまま責めつづけられればどうなってしまうのか、不安を覚えても不思議ではない。それほどいまのオルガスムスは、性急で強引だった。

だから、功児が性器を繋《つな》げたまま千佳の体を裏返し、バックスタイルに移行すると、少しホッとしたようだった。後背位なら、ピストン運動と同時に、クリトリスをいじられることはないと思ったのだろう。

「あああぁっ……」

功児が両手で腰をつかみ、抜き差しを開始すると、もらした声には安堵《あんど》の溜息《ためいき》がまじっていた。

しかし、安心するのはまだ早かった。

「いいオマンコだね、奥さん……」

功児はぐいぐいと律動のピッチを高めていった。

「あああっ、いいっ！」

千佳はすでに、功児の言葉など聞いていなかった。背中を向けたことで自分の世界に入りこみ、快楽を味わうことに没頭している。

「ねえ、またイキそうっ……続けてイッちゃいそうっ……」

「ククク……」

功児は女の高まりを男根でも感じながら、余裕の笑みをもらした。

「美人っていうのは、オマンコの締まりもいいものなんだよね。天は二物を与えずなんていうのは嘘さ。でもね、もっと締まる方法があるんだよ……」

「……ひいっ！」

千佳が振り返る。尻尾《しっぽ》を踏まれた牝犬《めすいぬ》のような顔をしている。

功児の指が、アヌスをいじっていたからだ。

「な、なにをっ……変なところ触らないでっ……」

「こうすれば、オマンコがもっとよく締まるんだよ」

右手の人差し指を、むりむりとアヌスに埋めこんでいった。千佳は反射的に尻《しり》を引っこめようとしたが、功児の左手はしっかりと腰のくびれをつかんでいた。ピストン運動もやめていなかった。千佳は喜悦に身悶《みもだ》えながら、禁断の排泄《はいせつ》器官に指を受けいれるしかなかった。

「やっ、やめてっ……」

千佳の声は恐怖にひきつりきっている。

「そこはっ……そんなところ許してっ……」

「怖がらなくても大丈夫ですよ」

功児はアヌスに指を埋めたまま、ピストン運動に熱をこめていく。

「指を食い締めるように、お尻の穴に力を入れるんですよ。そうすれば、オマンコも締まる。アヌスとオマンコは筋肉が繋がってるからねえ」

「あぐっ……ぐぐっ……」

千佳はちぎれんばかりに首を振った。意識せずとも、アヌスに指を入れられれば、括約筋は締まる。男根を食い締め、密着感が増す。男はもちろん、女のほうにも耐え難いほどの快感が襲いかかってくる。

「気持ちいいでしょ！　ほらっ！　ほらっ！」

パンパンッ、パンパンッ、と尻を打ち鳴らして突きあげてやると、

「ああっ、いやあああっ……いやあああああっ……」

千佳は四つん這《ば》いの肢体を激しくよじりまわした。白い素肌がみるみる生々しいピンク色に上気して、背中にびっしりと汗の粒が浮かんでくる。熟女らしく熟れた尻や太腿《ふともも》の肉を、ぶるぶるっ、ぶるぶるっ、と歓喜に震わせ、恍惚への階段を一足飛びに駆けあがっていく。

いい女だった。

調教のし甲斐《がい》があるなかなかの逸材だと、久しぶりに胸が熱くなってくる。

「ほら、奥さんっ！　イキそうなんでしょ？　イッてもいいんだよ。お尻の穴をほじられながらイクのが、人として恥ずかしくないならね……」

「あぁっ、許してっ……もう許してええええっ……」

恥辱に泣きじゃくりながらもオルガスムスを求める女体に、功児は怒濤《どとう》の連打を送りこんだ。ようやくこちらが愉しむ番だった。やがて煮えたぎる欲望のエキスを噴射するまで、何度も体位を変えて突きまくり、セレブな人妻の肉体を思う存分に味わい抜いた。

第五章　巡りあい

夜になって、功児は兄の家に戻った。

兄嫁の貴子がいることを警戒して裏庭からまわると、兄はリビングでひとり、ブランデーを飲んでいた。幸い兄嫁はまだ帰宅していなかったので、功児は勝手口からリビングにあがった。

兄の表情は、酔っているのに険しかった。嫁は浮気で、浮気相手の女房から訳のわからないクレームまで突きつけられていれば、それも当然だが……。

「ハハッ、どうしたんだよ、魂抜かれちまったみたいな顔してさ」

功児はできるだけ明るく振る舞い、ヘネシーのお相伴にあずかったが、やはり無理があった。兄が打ちのめされているのは、一目瞭然《りょうぜん》だった。

「呑《の》まずにいられなかったのかい？」

声を低く絞って訊《たず》ねると、兄はキョトンとした。

「大丈夫だから、兄ちゃん。俺がついてる。女の正体は突きとめた」

「……なんの話だ？」

「赤いベンツの女だよ、決まってるだろ」

兄は表情を険しくした。

「悪いんだけど、話を聞いちゃったんだ。俺はてっきり貴子さんが帰ってきたと思ってさ、気を遣って勝手口から出ていこうとしたんだよ。でも、靴は玄関だ。抜き足差し足で取りに行ったら、声が聞こえてきた……」

功児は間をとるようにブランデーをひと口飲んだ。せっかくの高級ブランデーも味がわからず、喉《のど》が灼《や》けただけだった。

「驚いたけどね、あの貴子さんが浮気なんて。だけど、相手の女の態度の悪さにもっと頭にきちゃったよ。人んちまで乗りこんできといて、テメエは『個人情報をお知らせしたくない』とかさ、ナメきってるじゃんか。だったら調べてやろうって、尾行してやったのよ。俺、そういうの得意だから」

「おまえ……」

兄の顔が一瞬、気色ばんだ。勝手なことをするなと思ったのだろうが、功児のもって帰った情報を確認するほうが先だと判断したらしい。正しい判断だった。

「どこに住んでたんだ、彼女」

「けっこうなお屋敷にお住まいでしたよ。まあ、嫁にベンツの新車を与えるくらいだから、金持ちに決まってるけど」

「場所はどこだ？」

功児は近隣の町の名前を言った。

「でまあ、探偵よろしく、あたりの聞きこみをしたわけさ。金持ちっていうのは恨み妬《ねた》みを買いやすいけど、よっぽどなんだろうね。耳が腐りそうな悪い評判ばっかり、さんざんっぱら聞かされてきたから」

聞きこみなどというのは、もちろん嘘だった。千佳に関する個人情報は、すべて彼女自身から聞きだしたものだ。オルガスムスを五度も六度も与えてやれば、どんな女でも口が軽くなる。

「地主かなんかか？」

「いや、あの女のダンナは医者。外科病院の院長」

「……なに？」

兄は息を呑んだ。

「二代目らしいけど、やり手なんだと。やり手っていうか、金に汚いっていうか。このご時世に手術の前に袖《そで》の下要求するっていうから、けっこうあくどいよ。まあ、おかげでお屋敷が建って、病院も綺麗《きれい》に建て替えたらしいね」

「待ってくれ……」

兄は頭《かぶり》を振り、グラスに残っていた酒を一気に呷《あお》った。

「院長ってことは、若くはないよな？」

「五十代じゃないの。赤いベンツの女は二番目の奥さんで、子供はいないんだけど、最初の奥さんとの間に医大生の息子がいるらしい。これがまた、とんでもないボンクラらしくてさ、二浪だか三浪だかした挙げ句、大金積んでようやく三流馬鹿医大に入ったんだってよ……」

功児は面白おかしくしゃべったつもりだったが、兄はクスリとも笑わなかった。なにか考えこんでいる。医者に心当たりでもあるのだろうか。

「俺に任せとけよ、兄ちゃん」

功児はブランデーを啜《すす》りながら言った。

「相手の素性もわかったことだし、今度はこっちが揺さぶりをかける番だ。相手は医者で立場もある。ベンツの女房が言っていた台詞《せりふ》を、俺が医者に言ってやれば、簡単に貴子さんと別れるはずさ」

「……うむ」

兄が気を取り直し、功児の提案を受けいれるまでに、ゆうに三十分以上の時間が必要だった。完全に打ちのめされていた。功児は逆に、自分でも驚くくらい高揚していて、ほとんど躁《そう》状態だった。兄の力になれることが無性に嬉《うれ》しかったし、切り札となるはずの千佳はすでに手中に収めているのだから、勝算も立っている。直接交渉はあくまで最後の手段であり、他の可能性から探っていくつもりだが、よほどの下手を打たない限り、兄嫁を浮気相手と別れさせることはできるだろう。

相談の結果、功児は兄の家に居候させてもらうことになった。

荷物が入っていた三畳ほどの納戸を空けてもらった。窓がなかったが、寝泊まりには充分なスペースがあった。キャバクラで働いていれば、店のソファで仮眠をとることなど日常茶飯事だから、個室であるぶんずっとマシである。

問題は兄嫁だった。

功児と反りが合わず、おそらく浮気がらみのあれこれで、兄とも気まずい関係になっている貴子が、居候に賛成するはずがない。

とはいえ、功児は彼女の浮気をやめさせるために動こうとしているのだから、兄も腹を括《くく》ったらしい。ふたりで納戸の掃除をしている途中に兄嫁が帰宅すると、予想通りに怒りだして兄を二階に引っぱっていった。口角泡を飛ばして居候に反対したに違いないが、兄は突っぱねてくれたようだ。

とにかくプロジェクトは動きはじめた。

まずは情報を集めることである。

千佳は功児の素性を知らない。夫の浮気相手の関係者であるなどと思ってもいない。今日は初対面だったので、深い探りは入れなかったが、種は蒔《ま》いておいた。自分があてどもなく旅行をしているのは、恋人に浮気をされた傷心を癒《いや》すためだと、別れ際にさりげなく伝えておいたのだ。千佳はどこかで仲間意識をもってくれたはずだから、次に会うときには向こうからなにかを相談されるかもしれない。

また、居候していれば兄嫁と接する機会も増えるだろう。彼女の場合は、打ち解けて浮気の話を相談してくることなど考えられないが、それでも言葉の端々から心理を読みとることはできるかもしれない。反りが合わないなら合わないなりに、じっくりと様子を見てやろうと心に決めた。

「そうだ、ひとつだけ注意してくれよ」

兄が言った。

「昼間、うちには家庭教師の先生が来てるんだが……」

「ああ、あの可愛い人。名前なんていうの？」

功児は笑顔を浮かべたが、兄は逆に表情を険しくした。

「若村梨乃《わかむらりの》さんっていうんだが……なんていうか、彼女にだけは間違ってもコナをかけたりするなよ」

「ちょっと待ってよ……」

功児はもう一度笑った。今度は苦笑だった。

「いくら俺だって、手当たり次第に口説いてるわけじゃないから。居候させてもらってる分際で、ナンパなんてするわけないじゃん」

「ならいいが。彼女は朋貴が慕ってる大事な先生だから……」

「わかってる、わかってる」

相当警戒されているな、と功児は内心で情けなくなった。兄を窮地から救ってやるのだと意気込んで、女のことなど眼に入らなくなっているのに、信用がないというのはつらいものだ。

しかも、である。

功児が居候生活を開始した翌日、出鼻を挫《くじ》かれるような事件が起きた。

兄が勤めている電機メーカーでマッサージチェアのリコール騒動が勃発《ぼっぱつ》し、そのニュースが連日テレビをわかして、兄はまったく家に帰ってこられなくなってしまった。

三日後の明け方にようやく帰ってきたが、とても話しかけられる状態ではなく、シャワーと仮眠で再び会社に戻っていった。しばらくは、そんな生活が続きそうだったので、せっかく盛りあがっていた気分に冷や水をかけられてしまった。

そういうピンチのときこそ、兄嫁と心を通わせるチャンスかもしれないと気を取り直してみたものの、彼女は彼女で取りつく島もなかった。いくら反りが合わないとはいえ、以前は世間話くらいはしていたのに、事務的な会話以外はひと言も口をきいてくれない。挨拶《あいさつ》すらほとんど無視し、頑《かたく》なにコミュニケーションを拒否している。

なんだか、ある種の覚悟が伝わってくるようだった。

兄嫁がしているのは浮気ではなく、本気なのかもしれない、と思った。長年、女の尻《しり》を追いかけまわしてきた者の直感だ。それなりに常識があり、社交性もある貴子が、こうまできっちり距離を置こうとするのは、単に相性の問題だけではないように思われてしかたがなかった。

また、この家は兄嫁の浮気とは別の問題も抱えているようだった。

甥《おい》っ子の朋貴だ。

誰も説明はしてくれないので詳細はわからないが、以前会ったときとは印象がまったく異なっていた。最後に会ったのは五年前で、朋貴は中学二年生だった。ハキハキとものを言う、利発な少年だった。いまは高校を卒業し、大学受験に失敗した浪人生だから難しい年頃なのかもしれないが、それにしても覇気がない。眼が死んだ魚のように濁っているし、そもそも家からほとんど出ていかないのだ。

引きこもり、というやつらしい。

家庭教師を雇っているのはガリ勉のためではなく、予備校に行くことができないほど、精神的に不安定だからのようだった。

兄嫁の貴子にしても、家庭教師の梨乃にしても、朋貴に対しては腫《は》れ物を扱うような雰囲気であり、ひどく危ういものを感じた。はっきり言って気持ちが悪かった。引きこもりの息子を甘やかす家の空気など、気持ちが悪いに決まっている。

なんだこの家は、と思った。

外から見ればケチのつけようのない勝ち組の幸せな家庭なのに、ひと皮剝《む》いてみれば、妻は浮気で、息子は引きこもりのうえ甘やかされ、完全に立ち腐れている。兄は家族の問題だけではなく、会社でのトラブルまで背負って、孤立無援の孤軍奮闘ではないか。

哀しくなってきた。

功児にとって兄の家庭は、一種の理想だったのだ。心から愛している妻をもち、彼女と巣をつくって、子を生《な》す。夜の街をさすらう根無し草のような生活をしている功児から見れば、兄の平穏な暮らしはまぶしかった。色と欲にまみれた荒《すさ》んだ生活に首までどっぷり浸《つ》かりながらも、いつか自分も兄のような家庭をもちたい、と心の中でずっと思いつづけてきた。それなのに……。

いや、と功児は頭《かぶり》を振った。

妻の浮気や息子の引きこもりくらい、いまの世の中ではありがちで月並みな話とも言える。逆に、まったく傷のない家族のほうが珍しいだろう。問題はカタストロフィを迎えないことだ。なんとか取り繕って、破局しなければいいのだ。家族には絆《きずな》がある。風向きさえ変われば、以前のように理想の家庭を取り戻すことができる。

そのためには、兎《と》にも角にも兄嫁の浮気をやめさせることだった。悪い流れを断ち切って、彼女にとって本当に必要で、本当に愛すべき男は誰なのか、思い知らせてやればいいのである。

数日後。

功児はBMWを川沿いの駐車場に停めた。

「ちょっと散歩しましょうか」

功児がクルマから降りると、千佳も降りた。戸惑っていた。電話をかけるとふたつ返事で呼びだしに応じ、十五分ほど前、パチンコ屋で落ちあったばかりだった。

「散歩？　わたしはてっきり、ホテルに連れこまれるんだと……」

真顔で言われたので、

「やだなあ……」

功児は苦笑するしかなかった。

「人を野獣みたいに言わないでくださいよ」

「この前はそうだったじゃないの」

千佳はやはり、クスリともせずに真顔で言った。

「この前はこの前ですよ。最初だったから我慢できなかったけど、俺はなにも、女の人とセックスだけがしたいわけじゃないですから。自然の中を散歩するとか、健全なデートだってしたいんです」

「……ふうん」

功児が歩きだすと、千佳は釈然としない顔でついてきた。彼女に限って言えば、セックスだけがしたいようだった。

ベージュのスーツを着ていた。ヴァイオレットブルーよりずっと上品な色合いだったが、熟女らしい凹凸に富んだボディラインは、今日のスーツのほうが強調されている。しかもスカートの丈が異様に短く、挑発的だ。

前回あれほどイキまくらせてやったのだから、期待されるのはしかたがないだろう。正常位でピストン運動しながらクリトリスをいじってイカせ、犬のような四つん這《ば》いで突きあげながら尻の穴に指を突っこんでイカせた。

出血大サーヴィスだ。しかし、こちらとしても肉体奉仕ばかりを提供するわけにはいかない。情報を引きだすためには、体だけではなく、彼女の心もまた、しっかりとつかんでおかなければならない。

川沿いの遊歩道に出た。

名前は知らないが、かなり大きな川だ。緑の中をうねりながら流れている景色が、雲の中を泳ぐ龍のように勇壮だった。

川に沿って長い桜並木があり、春は観光客で賑《にぎ》わうらしいが、季節はいま梅雨だった。午後三時にもかかわらず薄暗く、重く立ちこめた雲からいまにも雨が降りだしそうなので、人影は見当たらない。

足元はぬかるみ、ところどころ水たまりができていた。ハイヒールを履いている千佳が歩きにくそうにしていたので、功児は手を繋《つな》いだ。

「えっ……」

千佳は照れ笑いを浮かべたが、功児はかまわず握りしめていた。千佳の頬が赤くなった。功児はぬかるんだ道に、ありがとうと胸底でささやいた。

「いったいどうしたらいいんですかね……」

功児は鈍色《にびいろ》に沈んだ川面《かわも》を眺めながら、長い溜息《ためいき》をつくように言った。

「なにが？」

「ほら、こないだちょっと話したじゃないですか。俺が旅してる理由」

「ああ……」

千佳はうなずいた。

「東京の彼女にフラれちゃったんでしょ？」

「ってゆーか、浮気されたんですよ。ただフラれただけなら諦《あきら》めもつきますが、他の男に寝取られたんです」

千佳は顔をそむけて、唇を引き結んだ。彼女自身、夫に浮気されているから、胸の傷が疼《うず》いたに違いない。

「そういうのって、どうやったら忘れられるんですかね。やっぱり、新しい恋しかないんでしょうか？」

ぎゅっと手を強く握ると、

「どうかしら……」

千佳は横顔にひきつった笑みを浮かべた。

「どれくらい付き合ってたの？　彼女とは」

「三カ月くらいかな」

「たったの？」

千佳は大仰な声で言った。

「なら、諦めればいいじゃないの。だいたい、独身同士の話でしょ？　結婚してて浮気されたっていうなら、あれだけど……」

「へぇえ」

功児は悪戯《いたずら》っぽく眼を丸くし、千佳の顔をのぞきこんだ。

「なんだか、経験があるみたいな口ぶりですね」

「……違うわよ」

千佳が顔をそむける。

「ははーん、なるほどね。おかしいと思ったんだ」

「なにが？」

「だって、いくら強引に迫ったって、千佳さんみたいないい女が、俺なんかと寝てくれるなんて……ご主人に浮気されてる腹いせなんですね？」

「違うって言ってるでしょ」

「本当ですか？」

「本当よ……ぅんんっ！」

嘘つきな唇をキスで塞《ふさ》いだ。立ちどまって腰を抱き寄せ、音をたてて舌をからめあわせてやると、この前の情事のことを思いだしたのだろう、千佳はみるみる眼の下をねっとりと紅潮させ、眼つきをトロンとさせた。

「もし、千佳さんがご主人に浮気されてるなら……」

功児はまぶしげに眼を細めて見つめた。

「俺、本気になっちゃおうかな……」

「……馬鹿」

千佳は恥ずかしげに顔をそむけた。

「無理よ、そんな……」

だが、横顔は生々しく上気している。本気の恋愛は無理でも、燃えあがる欲望は偽物ではないらしい。

「まあ、あり得ない話ですよね。千佳さんが浮気されてるなんて……」

功児は抱擁を強め、うっとりとささやきかけた。

「俺が千佳さんと結婚してたら、毎晩この体を離さないものなあ。毎晩ベッドでハッスルですよ。見た目も綺麗《きれい》だけど、抱き心地も……最高だったし……」

「もう、変なこと言わないで……」

千佳は声を尖《とが》らせ、恨みがましい眼を向けてきたが、それはおそらく、卑猥《ひわい》な軽口のせいではなかった。別の部分に反応したのだ。夫に対する不満が、彼女の中でくすぶっているからに違いない。


夜。

功児は新幹線の停車駅近くにある歓楽街にいた。最初にこの町にやってきた日、兄に連れてこられた居酒屋のあるところだ。

昼間はひっそりしているが、夜になると驚くほどたくさんのネオンが灯《とも》った。東洋一の歓楽街、新宿歌舞伎町とは比べようもないけれど、人口十万人以下の市にしては異様な数の飲み屋がある。一説によれば、人口ひとりあたりの飲み屋の軒数は全国でもトップレベルらしい。

この地域の人間が、全国でもトップレベルの酒飲みだからではない。

後からつくられたのである。

市をあげて大規模工場の誘致に力を入れた副産物だった。兄の勤めている工場もそうだし、他にも名だたる大手メーカーの工場が、この町にはある。そこで働く人間や本社からの出張組が飲みに来ることを見込んで、この歓楽街は形成された。郷土料理を出す居酒屋から、キャバクラ、クラブ、スナックと、あらゆる店が林立し、往時はそれなりに賑わっていたらしい。

だが、リーマンショックに端を発する不景気の波が、この新興工場地帯をまともに直撃した。工場の規模縮小、休業、閉鎖が相次ぎ、客足は完全に途絶えて、どの店も閑古鳥が鳴いているようである。

功児は眼についた英国風のパブに入った。

キャッシュオンデリバリーの立ち飲み方式で、手軽さがウケているのか、最近は東京でもよく見かけるスタイルの店だ。

内装はそれなりに重厚だし、エールビールの味もまともだったが、客は功児以外に誰もいなかった。時刻は午後十時半。飲み屋のゴールデンタイムでこの客入りでは、店主は首を括《くく》りたくなっていることだろう。

もちろん本気で同情したわけではない。他人のことなど知ったことではない。功児の気持ちは荒《すさ》んでいた。とにかく手っ取り早く酔っぱらうため、体はぐったり疲れているのに、立ち飲み屋で飲みはじめたのだ。座って飲むより立って飲んだほうが、アルコールのまわりが早いからだ。

先ほどまで、国道沿いのラブホテルで千佳を抱いていた。

砂を嚙《か》むようなセックスだった。

一度目の情事は、相手が誰であろうと興奮する。射精のとき、この女を仕留めたという実感がたしかにある。男の本能を揺さぶる冒険がそこにはあるのだ。女の抱き心地は、見た目からだけでは判断できない。裸にしてみれば意外なほどスタイルがいい場合があるし、肌の質感も、肉の揉《も》み心地も、結合具合も、抱いてみなければわからない。そのすべてが残念でも、感度がよく、我を忘れてイキまくる女は、それはそれで満足させてくれる。

ただ、二度目になるとしんどいことばかりだ。

千佳はいい女だった。顔立ちは整い、スタイルは熟女の色香に満ちて、セレブ夫人らしい上品さも持ちあわせている。三十六歳の女盛りで、欲求不満を溜《た》めこんでいる人妻だから、性感も程よく熟れて、腰の使い甲斐《がい》も充分にある。

しかし、ただそれだけのことだ。

彼女の夫の浮気に関する情報を探るという目的がなければ、虚《むな》しいだけの時間だった。おまけに千佳は、夫が浮気をしている事実だけは渋々認めたものの、役に立ちそうな話をほとんどしてくれなかった。ボクシングでも空振りがいちばん疲れるそうだが、先ほど千佳と別れると尋常ではない疲労感に襲われ、とても真っ直ぐ居候先の兄宅へ帰る気にはなれなかった。

これでは新宿にいるときと同じだった。

キャバクラ嬢が人妻に代わっただけで、やっていることはまるで一緒だ。

もちろん、千佳を手なずけようとしているのは兄を窮地から救うためだ。それはそうなのだが、気持ちが荒む。エールビールを立てつづけに三杯飲んでも、心のささくれが治まってくれない。苛立《いらだ》ちばかりが余計に募って、ひどい自己嫌悪に駆られてしまう。

本気で愛せる女を探すのではなかったのか、と思う。疾走するような恋をして、熱狂の渦中に身を投じるのではなかったか、と胸を掻《か》き毟《むし》りたくなる。

そのときだった。

ステンドグラスのドアを開いて、黒いドレスを着た女が入ってきた。

功児はさりげなく眼を向けた。

二度見してしまった。

女が美人だったから、だけではない。

家庭教師の先生だった。

セクシーなドレスも、ドレッシーにアップした髪も、濃いメイクも、普段兄の家で見ている姿とはまったく様子が異なっていたが、間違いなかった。

名前はたしか、若村梨乃だ。

「ギネスください。ワンパイント」

店には音楽が流れていなかったので、注文する声が、離れた位置にいる功児の耳まで届いた。家の中で顔を合わせても会釈しかしてくれないから、彼女の声を聞いたのは初めてだった。

透き通った、綺麗な声をしていた。

梨乃は入口近くのカウンターで黒ビールを飲みはじめた。カウンターチェアもいくつか置いてあるのだが、彼女は座らなかった。立ったままグラスを傾ける姿が、妙に様になっていた。

功児はゆっくりと近づいていった。

「どうも」

声をかけると、梨乃は顔を向けてきた。眼が合った瞬間、功児の心臓は跳ねあがった。表情までもがいつもとまるで違っていたからだ。婀娜《あだ》っぽく、挑発的で、人の顔を見つめることに遠慮がない。視線が合うと、大きな黒い瞳《ひとみ》に吸いこまれてしまいそうになった。

「俺のこと、わかるよね？　もしかして双子の片割れだったり……」

「まさか」

梨乃は鼻に皺《しわ》を寄せて笑った。歌舞伎町で月に何百万も稼ぐキャバクラ嬢より、小悪魔的な笑顔だった。

「仕事中はおとなしい格好をしてるだけ。こっちがレギュラー」

功児は内心で首を傾げた。普段の彼女は、体のラインを見せるニットや、太腿《ふともも》も露《あら》わなミニスカートを着けているから、決しておとなしい格好をしているとは言えない。ただ、全身から醸しだしている雰囲気の清純さが、若い女の子らしい華やかな装いを中和しているだけだ。

そして今夜に限って言えば、ドレスとメイクが清純さを打ち消し、大人びた女らしさだけを強調している。清純さの象徴とも言えるレモンの香りではなく、麝香《じゃこう》の匂いでも漂ってきそうだ。

「こっちがレギュラーってことは、夜はキャバクラでバイトでもしてるのかい？」

梨乃が不快そうな表情で黒ビールを飲んだので、

「いや、失礼」

功児は苦笑して誤魔化した。しかし、酒を飲むために、いちいちドレスに身を包んでくるというのも不思議な話だ。髪やメイクも、かなり時間をかけて仕上げてきたことがうかがえる。東京ならともかく、こんな田舎の歓楽街で着飾りすぎではないかと思うのは、都会から来た者の偏見だろうか。

「実は知り合いが、この近くでワインバーを始めたんです……」

梨乃が言い、功児はようやく合点がいった。なるほど、パーティ仕様というわけだ。

「それでオープニングパーティに来たんですけど……」

梨乃は口ごもり、恨みがましい眼を向けてきた。

「日にちを間違えてたみたいで、お店にはシャッターがおりてました」

沈黙が流れた。

梨乃は真顔のまま功児を睨《にら》んでいる。功児も彼女から眼を離せなかった。視線と視線がぶつかり合い、沈黙の中で火花を散らす。

まるでにらめっこだった。負けたのは功児だ。プッと吹きだすと、梨乃も破顔した。

薄暗い店内が、そこだけ明るくなったような、まぶしい笑顔を浮かべた。

「けっこう間抜けなところがあるんですね、先生」

からかうように言ってやると、

「間抜けはいいけど……」

梨乃は笑いながら唇を尖《とが》らせた。

「こんなところで先生はやめて。酔えなくなっちゃう」

「じゃあ、若村さん？　梨乃ちゃん？」

「どっちもやだ。梨乃だけでいい」

「そう……」

功児はうなずき、梨乃の手から空になったグラスを奪った。

「じゃあ、梨乃の間抜けなミステイクを励ますために、一杯奢《おご》らせてくれ。同じものでいい？」

梨乃がうなずいたので、功児はカウンターに向かった。胸がひどくざわめいていた。いつの間にか手指にびっしょり汗をかいていて、グラスをすべり落とさないようにするのに往生した。

梨乃から異様な熱気が伝わってきたからだ。

その正体はわからない。ドレッシーな装いのせいなのか、あるいは元々そういう女なのか、判断する材料がない。けれどもたしかに、彼女は異様な熱気を放射していて、触れば火傷《やけど》しそうだった。対峙《たいじ》しているのが不安になるほどの熱いなにかを胸に隠し、音をたてて燃え盛らせていた。

第六章　夜に舞う

布団に横たわった体がじっとり汗ばんでいる。

三畳の納戸には窓がなく、いや、窓がないから納戸なのだが、とにかく風が通らない。東北の六月とはいえ、梅雨の湿気はかなりのもので、窓もエアコンもない日中はいささか堪《こた》えた。クルマの窓を全開にして走らせれば涼がとれるだろうが、そういうわけにもいかなかった。

梨乃が二階に来ているからだ。

帰り際、少しでいいから話がしたかったし、できることならクルマで家まで送っていきたい。家ではなく、ホテルでもいい。いっそクルマの中や公園だってOKだ。抱きたかった。

彼女にだけは手を出すなと兄に言われたような気がするが、もう遅い。愛は走りだしてしまった。自分が求めていた運命の女は、彼女を措《お》いて他にはいないと確信していた。

歓楽街の英国風パブでばったり顔を合わせたのが、昨日のことだ。

それから、功児は梨乃のことばかり考えている。天使と悪魔が同居した可愛い顔、ミニスカートもドレスも難なく着こなす均整のとれたスタイル、黒い髪と黒い瞳、ミルクを練りこんだような白い肌、若さに張りつめた太腿、そして、清純な仮面の下に隠していた淫《みだ》らな本性……。

「それじゃあ、あらためて……」

功児はキャッシュオンデリバリーのカウンターから運んできた黒ビールを梨乃に渡し、乾杯した。梨乃は見かけによらず、いける口のようだった。三杯目からはアイリッシュウイスキーに変え、功児も付き合った。立ったままだったので、アルコールのまわりは早かった。

「功児さんって、東京でどんなお仕事をなさってるんですか?」

梨乃が訊《たず》ねてきたので、功児は苦笑した。

「フェアにいこう。俺のことも呼び捨てでいい。敬語もナシだ」

「ふふっ」

梨乃も笑った。

「じゃあ、そうします。けっこう負けず嫌いですね」

「べつに……俺の仕事は、ここだけの話だけど、キャバクラのボーイさ。十代のころからずっと水商売」

「へえー、東京のどこ？」

家庭教師は呆《あき》れることなく、話に食いついてきた。

「いろいろやったけど、最後は新宿。歌舞伎町だよ。悪名高い」

「面白い？」

「そりゃまあ、刺激はあるけど……俺はもう……卒業だな」

「どうして？」

「疲れちゃったんだよ、色と欲ばっかの生活に。いい歳してチャラチャラやってるのも情けないしね。東京に戻ったら、なにか本気で打ちこめる仕事を探すつもり」

「ふーん」

梨乃はつまらなそうに唇を尖らせた。

「梨乃はいいよな、打ちこめる仕事があって」

「そう？　腰かけよ、家庭教師なんて」

「本業の教師になりたいのかい？　中学とか高校の」

「……どうだろう？」

眼を伏せて吐き捨てるように言った横顔が、ひどく荒《すさ》んでいた。意外だった。可愛い容姿と若さが相俟《あいま》って、輝くばかりだった存在感が、一瞬モノクロームの映像の中に閉じこめられてしまったようだった。

まったく、と功児は胸底でつぶやいた。

いったいどれだけ多くの表情をもつ女なのだろう。仕事に関する意見そのものよりも、表情の変化に惹《ひ》きつけられてしまう。清純そうに見えて小悪魔的で、内に熱気を宿しているかと思えば荒んだ横顔を見せる。すべてが彼女であることは間違いないが、芯《しん》が見えない。

もちろん、それが悪いわけではない。キャバクラ嬢でもそうだが、ミステリアスな女は魅力的だ。男は本能的に、女の本性を暴こうとする生き物だからである。

「……ふうっ」

アイリッシュウイスキーを飲み干した梨乃は、トロンとした眼を向けてきた。

「立って飲むと酔うの早いね」

「そうな」

「そろそろ帰ろうかな」

「待てよ。座れる店でゆっくり飲み直さないか」

梨乃は曖昧《あいまい》に首を振って店を出た。功児は追いかけた。英国風パブはテナントビルの二階にあった。梨乃はエレベーターに乗らず階段に向かい、おりるのではなくのぼった。階上に知っている店でもあるのだろうかと、功児は黙ってついていった。四階、五階……次はR、屋上なのに、梨乃は躊躇《ためら》うことなく上に向かっていく。

外に出た。

まわりに高い建物がないので、町全体を俯瞰《ふかん》できた。夜景というほどのものではない。上から見渡してみると、建物の安普請がよくわかり、哀しくなるほどしみったれた歓楽街だった。点在する看板の灯《あか》りが儚《はかな》げで、割れたネオン管がバチバチいっている。

風が吹いていた。湿気を孕《はら》んでいても夜風がそれなりに冷たいのは、やはり東北の気候だからか。

梨乃が振り返る。風がドレスの裾《すそ》を揺らしている。

「酔い覚ましかい？」

功児は近づいていった。梨乃が振り返って笑う。楽しいことがあって頬がゆるんでいるのではなく、男を挑発する笑みだ。

「いい風だな」

功児は梨乃の脇をすり抜け、鉄柵《てっさく》に肘《ひじ》をついた。内心で戸惑っていた。なぜ彼女が自分を挑発してくるのか、意味がわからなかった。しかし、薄闇の中で笑う彼女は、若さにそぐわないほど妖艶《ようえん》で、おかしな気分になってくる。

梨乃も隣で鉄柵に肘をついた。

「こんな田舎、退屈じゃない？」

しみったれた景色を眺めて、歌うように言う。

「そうでもないさ」

功児は適当に答えた。夜風に乗って漂ってくる、甘ったるい梨乃の体臭に気をとられていた。

「わたしは退屈。いい加減うんざり」

「俺は都会育ちだからなあ、田舎に故郷がある人が羨《うらや》ましいけどねえ」

「舐《な》めてあげましょうか？」

あまりにも唐突な台詞《せりふ》に、功児は自分の耳を疑った。梨乃を見ると、その横顔は冬の月のように冴《さ》えざえと澄んでいた。声をかけることがはばかられるほど綺《き》麗《れい》だった。

「舐めてほしくないの？」

横顔を向けたまま、赤い唇だけをわずかに動かす。

「なにを舐めてくれるんだよ？」

功児は苦笑しながら、梨乃の横顔に手を伸ばした。指を立て、ふっくらした頬を突いてやろうとしたが、梨乃はこちらに顔を向け、唇を開いた。なにをするのかと思ったら、夜闇の中で毒々しいほど赤く色づいた唇で、指を咥《くわ》えた。

「ぅんんっ……ぅんんっ……」

鼻息を可《か》憐《れん》に振りまきながら、指をしゃぶってくる。あきらかに、疑似のノェラチオだった。ふっくらと肉厚な唇の中で、なめらかな舌が動いている。眉《まゆ》根《ね》を寄せ、瞼《まぶた》を半分落とした表情が、いやらしすぎる。

だが、功児はますます意味がわからなくなった。正体を失うほど酔っているわけでもない。いったいなぜ、彼女はこんなことをしているのだろうか。思惑がまるで理解できない。

「ぅんんっ……ぅんんっ……」

一方の梨乃はますます情熱的に指を吸いしゃぶり、唇をスライドさせはじめた。そうしつつ、潤んだ瞳《ひとみ》で見つめてくる。なにもやり返せない功児を、嘲笑《あざわら》っているかのようでもある。

なるほど。

彼女は指を舐めるのと同時に、男をナメているのだ。思惑もなにもなく、単なる性悪なのかもしれない。

ならば、お仕置きが必要だった。それが彼女のためでもあろう。田舎では目立つ可愛さとはいえ、あまり調子に乗らせてはいけない。男をナメると痛い目に遭うこともあると、教えてやるのも男の務めだ。

「おい……」

ギラリと眼を剝《む》き、睨《にら》みつけた。

「あんまり調子に乗ってると、こっちもその気になっちゃうぜ」

「ぅんんっ……」

梨乃は濡《ぬ》れた眼の奥で笑っている。口の中でチロチロと舌を動かし、あくまで挑発をやめるつもりがない。

功児はドレスの裾をまくった。子供のスカートめくりよろしく、乱暴にやった。梨乃は悲鳴をあげ、羞《は》じらいに身をよじるだろうと思った。しかし、動じなかった。胸底で声をあげ、動けなくなったのは功児のほうだった。

黒いドレスの下から現れたのが、燃えるような真っ赤なランジェリーだったからである。

ガーターベルトでセパレート式のストッキングを吊《つ》る、とびきりセクシーなデザインだった。若々しく肉づいた太腿《ふともも》を飾る、薔薇《ばら》模様のレースが卑猥《ひわい》だった。股間《こかん》に食いこんだショーツはバタフライのように面積が狭く、おまけに黒い繊毛が透けている。見えたのは一瞬のことだったが、功児の眼にはくっきりと焼きついた。痛いくらいに勃起《ぼっき》するのに、一秒あれば充分だった。

「ふふっ、ドレスの中はまだ早いでしょ」

梨乃は功児の足元にしゃがみこみ、ベルトをはずしはじめた。功児はまだ動けなかった。あまりにも意外な展開に啞然《あぜん》としているうちに、ズボンのボタンをはずされ、ファスナーまでさげられてしまう。

ブリーフの前は隆々とふくらんでいた。伸縮性の生地に包まれた男の欲望器官を、梨乃は撫《な》でてきた。手つきが淫《みだ》らだった。それだけでうめき声をもらしてしまいたくなるくらい、いやらしかった。梨乃が上目遣いでこちらの様子をうかがっていなければ、もらしていたに違いない。

「苦しそう」

梨乃はブリーフのふくらみに向けて、甘ったるくささやいた。大きな眼をうるうると潤ませて、ブリーフをさげてきた。勃起しきった男根が唸《うな》りをあげて反り返る。臍《へそ》を叩《たた》きそうな勢いだった。先端から大量の我慢汁が噴きこぼれていて、梨乃はそれを見て少し笑った。

功児は剝きだしにされた男根に夜風を感じつつも、現実感を失っていた。ドレスアップはしているものの、足元にしゃがみこんでいるのは、たしかにあの清純な家庭教師だった。愛の言葉を交わしたわけでもないのに、彼女はなぜ、ズキズキと熱い脈動を刻んでいる肉茎に指をからめてくるのか。淫らな手つきでしごきながら、ピンク色の舌を差しだして、舐めようとしているのか。

「……ぅんあっ！」

生温かい舌腹が、亀頭《きとう》を這《は》った。つるつるとなめらかな舌だった。そのくせ吸いついてくるような感触がいやらしい。息を呑《の》んでいる功児を挑発するように、梨乃は上目遣いを向けながら、ねっとりと舐めてきた。唾液《だえき》の分泌が盛んだった。みるみるうちに、亀頭はしたたるほどに濡れまみれた。

「どうですか、わたしのフェラ？」

梨乃は勝ち誇った顔で言い、肉茎をしごいた。包皮に唾液が流れこんで、ニチャニチャと淫靡《いんび》な音がたつ。

「自信満々な女は嫌いだ」

功児は喜悦をこらえて吐き捨てた。

「褒め上手な男と付き合ったことがあるくらいで、図に乗らないほうがいい」

「わたしは自信満々な男が大好き」

梨乃は舌先を尖《とが》らせ、亀頭の裏筋をチロチロと刺激した。

「ひいひい言わせてやりたくなるから」

赤い唇をＯの字に割りひろげると、亀頭を包みこんできた。ねちっこく唇をスライドさせ、男根をしゃぶりあげた。

「むうう……」

功児は首に筋を浮かべて唸った。顔の表面が燃えるように熱くなっていった。唇の弾力も、裏側のヌメりも、極上だった。しかもよく動く。唇が収縮し、口内では舌が絶え間なく亀頭を舐めまわしている。

若い女にありがちな、勢いだけの乱暴なやり方ではなかった。ねっとりと吸いつくようなしゃぶり方で、口内で大量に分泌させた唾液ごと、じゅるっ、じゅるるっ、と吸いたててくる。

フェラチオがうまい女の特徴は、唾液が多いことだが、梨乃の分泌量は尋常ではなかった。男根の全長をあっという間にびしょ濡れにしたかと思うと、玉袋の裏まで垂れてきた。彼女自身の口のまわりもみるみるうちに濡れまみれ、顎《あご》からツーッと糸を引いて垂れ落ちていく。

たまらなかった。

これなら、自信満々なのもうなずける。じゅるっ、じゅるるっ、と卑猥な音をたてて吸いたてられるたびに、痺《しび》れるような快美感が体の芯《しん》を走り抜け、身をよじらずにはいられない。熱い我慢汁が噴きこぼれているのがはっきりわかり、それを吸われると声まで出そうになってしまう。

だが、功児には女にひいひい言わされる趣味はなかった。そろそろ攻守交代だ。梨乃が喜悦に身をよじり、ひいひい言うところを見てみたい。

「……もういい」

口唇から男根を引き抜いた。

「今度はこっちの番だ。柵《さく》に手をついて尻《しり》を突きだすんだ」

すっかりその気になっている自分に、自分でも驚いた。彼女のほうから一方的に仕掛けられた情事のはずなのに、そんなことはもうどうでもよくなっていた。なぜ仕掛けてきたのかさえ、詮索《せんさく》する気を失ってしまうほど、興奮しきっていた。

「わたし……」

梨乃は唾液にまみれた唇を、親指で拭《ぬぐ》った。そんなささいな所作さえ、息を呑むほどセクシャルだ。

「お口の中にも性感帯があるみたいなの。フェラしてると、濡れてきちゃう。功児みたいに大きいおちんちんだと、もうびしょびしょ」

前戯はいらない、と言いたいらしい。

「いいよ。ならいきなり突っこんでやるから、早く尻を出せよ」

梨乃は動かなかった。

「立ちバック？　後ろからより前のほうがいいな。功児がどんな顔して愛してくれるのか、興味があるもの」

「前って……」

功児はあたりに目配せした。テナントビルの屋上だった。まわりに高い建物がないから、のぞかれる心配はないけれど、横になれるところもない。コンクリートの上で、正常位は無理だ。

「……ぅんしょ」

梨乃は中腰になると、ドレスの下のショーツを脱いだ。ガーターベルトをしているので、いきなりショーツだけを脱げるのだ。女の下着は脱げばたいてい小さいものだけれど、梨乃が穿《は》いていた赤いショーツはほとんど紐《ひも》だった。まだ股間のぬくもりさえ残っていそうなそれを、彼女は自分の手首に巻いた。まるでストリッパーのような所作を見せてから、両手を功児の首にまわしてきた。

「して。前から」

「立ったままか?」

「そう」

梨乃がきっぱりとうなずいたので、功児は後に引けなくなった。前面からの立位は挑んだことがない体位だったが、やるしかなかった。梨乃の片膝《かたひざ》を持ちあげた。ドレスから露《あら》わになったガーターストッキングは脂ぎった光沢を放って、若々しく肉づいた太腿《ふともも》をこれ以上なく妖《あや》しく飾りたてていた。

「んんんっ……」

勃起《ぼっき》しきった男根の切っ先を濡《ぬ》れた部分にあてがうと、梨乃はせつなげに眉根《まゆね》を寄せた。余裕を見せる一方で、あられもなく欲情しきっていた。口の中に性感帯があるのかどうかはわからないが、亀頭と触れあっている女の花はたしかにいやらしいほど濡れまみれ、卑猥《ひわい》な熱気を放っていた。

「いくぞ」

低く声を絞ると、梨乃はうなずいた。

「ちょうだい。大きいもの」

「むうう っ……」

功児は息を呑んで腰を前に送りだした。正確には斜め上に向けて、立った女体を下から貫くようにして入っていく。梨乃の中は熱かった。煮えたぎっているようだった。濡れた肉ひだをずぶずぶと穿《うが》つと、驚くべき吸着力で吸いついてきた。

「あああっ……」

梨乃が声をもらす。甘酸っぱい吐息が、功児の鼻腔《びこう》をくすぐった。その匂いに誘われるように抱擁を強め、奥まで勢いよく貫いていく。

「くぅううううーっ！」

子宮を押しあげられ、梨乃は白い喉《のど》を見せてのけぞった。しかしすぐに、首にまわした両手に力をこめてくる。強い力だった。ドレス越しにも、体の火照りが伝わってくる。片脚立ちの体を小刻みに震わせ、ハアハアと息をはずませる。

功児の呼吸も高ぶっていた。

ただ結合しただけで、全身の血が沸騰したかのように熱くなった。初めての体位だからではない。梨乃の蜜壺《みつつぼ》は締まりがよく、動く前から肉ひだが吸いついてくる名器だったが、それだけでもない。

運命を感じた。

落としたはずの魂を、ようやく見つけた気がした。

自分はこの女を抱くために生まれてきたのだという揺るぎない確信が、男根を硬くみなぎらせていく。まるで神話の中で生きているような気分で、ゆっくりと腰を動かしはじめる。

「んんんっ……くぅううっ……」

梨乃は歯を食いしばって声をこらえている。ここがオープンエアの屋上だからだ。ぐいっ、ぐいっ、と奥まで男根を送りこむたびに、首に筋を浮かべ、白い喉を突きだす。アップにまとめた髪が崩れそうな勢いで、女らしい細首を振りたてる。

功児の腰使いは激しくなっていく一方だった。片脚を持ちあげた格好の梨乃を、骨が軋《きし》むほど抱きしめ、鋼鉄のように硬くなった男根で突きあげる。連打を放つ。もっと奥まで貫くのだと、怒濤《どとう》のストロークを送りこんでいく。

「ぐぐっ……ぐぐっ……」

梨乃が恨みがましい眼を向けてくる。そんなにしたら声が出ちゃうと、眼顔で訴えてくる。功児はかまわず腰を使った。硬くみなぎった男根を容赦なく出し入れした。淫《みだ》らな声を誰かに聞かれようが、見に来た人にのぞかれようが、知ったことではなかった。それほどの興奮に、身も心も支配されていた。だいたい、誘ってきたのは彼女のほうなのだ。人に見つかるのが恥ずかしいなら、ホテルにでもなんでも行けばよかったのだ。

「んあっ！」

ドレスの上から乳房を揉《も》みしだくと、梨乃はせつなげに顔を歪《ゆが》めた。大きくはないが、丸みの際立ったふくらみだった。すぐに服越しでは我慢できなくなり、ドレスを剝《む》いていく。白い乳房を取りだして、生身の隆起に指を食いこませていく。

「あああああっ！」

梨乃はついに喜悦の悲鳴をこらえきれなくなり、大きくのけぞってバランスを崩した。彼女の後ろには鉄柵《てつさく》があった。功児は梨乃の背中をそこに押しつけた。ずぼずぼと蜜壺を穿ちながら、乳房を揉みしだいた。薄桃色の乳首が、夜闇の中で輝いていた。口に含んで吸った。これほど清らかな味わいのする乳首を舐《な》めたのは、生まれて初めてかもしれなかった。

「ああっ、ダメッ……ダメえええっ……」

梨乃はあられもなく乱れはじめた。眉根を寄せ、ハアハアと息をはずませる表情が悩ましい。時折すがるように見つめてくる眼つきに、ドキリとする。眼で男を殺せる女だった。セックスの最中に見つめてくる女の眼つきはエロティックに決まっているが、彼女の場合はそれだけではなく、瞳《ひとみ》の輝きに凛《りん》としたなにかがある。怒濤の連打を浴びて可憐《かれん》な顔をくしゃくしゃにしながらも、崩れないものが宿っている。

それを崩したくて、功児は腰を振りたてた。

あえぐ梨乃を鬼の形相で睨《にら》みつけながら、ずちゅ、ぐちゅっ、ずちゅっ、ぐちゅっ、と濡れた肉ひだを貫いて、カリのくびれで爛《ただ》れさせた。爛れさせれば爛れさせるほど、熱気を孕《はら》んで吸いついてくる。肉ひだが身震いしながらからみついてくる。

「ダメッ！　もうダメッ！」

梨乃が切羽つまった声をあげ、ちぎれんばかりに首を振る。アップにまとめていた髪が崩れ、ざんばらに乱れはじめている。黒い髪が数本、汗ばんだ顔に張りつき、凄《せい》艶《えん》の美を謳歌《おうか》しだす。それでも梨乃の眼は凛々《りり》しさを失わない。欲情の涙でねっとり潤んでいるのに、黒い瞳に射すくめられてしまう。

「むううっ！」

先に限界が訪れたのは、功児のほうだった。男根の芯《しん》が耐え難いほど激しく疼《うず》いて、射精欲をこらえきれなくなった。両膝《りょうひざ》がガクガクと震えだし、その震えはすぐに下半身全体に及んだ。

「おうおうっ……出るっ……もう出るっ……」

抱擁を強め、最後の楔《くさび》を打ちこんだ。煮えたぎる欲望のエキスを噴射すると、男根の芯の疼きを吹き飛ばすような灼熱《しゃくねつ》が、尿道を駆けあがっていった。

「おおおっ……おおおおおっ……」

功児はうめき声をもらしながら、しつこく腰を振りたてた。歓喜を謳《うた》いあげるように、ドクンッ、ドクンッ、と男根が暴れていた。功児の体を喜悦に震わせ、したたかに食い締めてくる蜜壺を荒々しく攪拌《かくはん》する。

「ああっ、いやっ……」

梨乃の体がのけぞった。背中を弓なりに反らせて全身が硬直したかと思うと、次の瞬間、ビクンッ、ビクンッ、と痙攣《けいれん》が始まった。

「イッ、イクッ……」

片脚立ちの体を淫らがましくくねらせて、恍惚《こうこつ》の彼方《かなた》にゆき果てていった。ガーターストッキングに包まれた太腿が、ぶるぶるっ、ぶるぶるっ、と痙攣した。

イク寸前に瞼《まぶた》を閉じたのだろう、夢中になって射精していた功児が気がついて顔をのぞきこんだときには、梨乃の両眼はしっかり閉じられていた。功児はその顔をまじまじと見つめた。肉の悦《よろこ》びをむさぼっている、いい顔だった。ただ、きつく閉じられた瞼の奥でふたつの黒い瞳がどんなふうに輝いているか、知りたくてしようがなかった。できることなら視線をからませた状態で、恍惚を味わいたかった。


「……ふうっ」

納戸に敷いた万年床の上であぐらをかいた功児は、深い溜息《ためいき》をついた。

窓がなく、風の通らない納戸は、溜息をつけばつくほど生ぐさい空気が充満していくようで、ひどく息苦しい。梨乃の抱き心地を思い返してしまったことが、息苦しさに拍車をかける。

溜息ばかりついている理由は、梨乃の態度にあった。

昨日の今日で再会したのに、昨夜とは別人のように冷たく接してきた。

先ほど家庭教師にやってきたときに声をかけようとしたのだが、眼に見えぬバリアを張って拒絶された。口をきくつもりはないというオーラを全身から放っていた。

百歩譲って、家庭教師モードのときに無駄口を叩きたくないのかもしれない。しかし、携帯番号さえ交換していないので、ここで言葉を交わさなければ次に会うチャンスはないのである。あんなふうにきっぱり拒まれると、昨夜の出来事がまぼろしであったかのように思えてくる。

いや。

まぼろしなんかであるはずがない。

性器を繋げた感触は、一夜が過ぎてなおペニスに生々しく残っている。キスをした唇も、抱擁した腕もそうだった。結合した瞬間に感じた運命は、時間が経つにつれ輪郭が鮮やかになっていくばかりだ。

もしも梨乃が、昨夜起こったことはたった一度のあやまちで、忘れてしまいたいことだと考えているとしても、認めるわけにはいかなかった。誘ってきたのは、彼女のほうなのだ。そして功児は運命を感じた。彼女こそ、落としてきた魂だと確信した。いまさら引き返せと言われても、愛は疾走しはじめている。

少し強引な手段に出るべきなのかもしれなかった。

タイミングを逃してしまえば、生まれたばかりの愛も新鮮さを失い、運命が逆まわりしはじめる可能性がある。ようやく見つけた魂を、再び落としたまま生きなければならなくなる。

時刻はあと十分で午後四時になろうとしていた。

彼女がこの家に来たのは午後二時少し前だから、すでに二時間が経過している。家庭教師はそろそろ店じまいだろう。

なるべく物音を立てないように納戸を出て、玄関から外に出た。路上駐車のBMWに乗りこみ、エンジンをかけてバス停に向かった。

梨乃は兄の家までバスで通っている。

バス停からは見えづらそうな木立の陰にBMWを停め、梨乃を待った。三十分が経過したころ、姿を現した。

ひとりだった。ぴったりした白いニットと赤いチェックのミニスカート姿が、遠眼から見ているにもかかわらず、たまらなく清純な匂いを放っている。

クルマから降りて「送るよ」と声をかける手もあったが、彼女のひどく冷たい素振りを考えると、そうする気にはなれなかった。

やがてバスが来て、梨乃が乗りこんだ。功児はBMWであとを追った。自宅をつきとめてやるつもりだった。住処《すみか》を知られると、人間そうは強気には出られない。家族が一緒に住んでいればなおさらそうで、少なくとも自分に冷たくしている理由くらいは話してくれるはずだ。もちろん、どんな理由があろうとも、別れ話に応じるつもりはなかったが。

　梨乃がバスを降りたのは歓楽街の近くだった。ふたりが出会った英国風パブのある歓楽街である。意外と近場に住んでいたわけだ。

　駅から少し離れると一軒家ばかりが眼につくが、歓楽街の裏手には集合住宅が密集していた。ホステスの子供を預かるのだろう、託児所の看板がやたらと眼につく。梨乃は古いアパートに入っていった。少し待っていると、カーテンが開けられたので部屋を特定することができた。

　意外だった。

　近ごろあまりお目にかかることがないモルタル造りで、築三十年はゆうに経っていそうな年季の入ったアパートだった。いまどきの娘らしいチェックのミニスカートを揺らして入っていく後ろ姿が、ひどく場違いに見えたほどである。

　とはいえ、ここまで来て手をこまねいていてもしかたがない。梨乃によってカーテンが開けられたということは、独り暮らしか、少なくとも家族はいま外出中ということであろう。

　功児はＢＭＷを降りてアパートに向かった。近づけば近づくほど、老朽化が眼につく建物だった。玄関は共同で建物に入るときに靴を脱がねばならず、靴下で板敷きの廊下を進んでいく。廊下の突き当たりには、共同の炊事場とトイレがある。東京の感覚で言えば、昭和三十年代、高度成長期の遺物である。家庭教師という仕事はそれほど儲《もう》かるものでもないのだろうが、若い女の子がこれほどのボロアパートに住むには、経済的な理由以外に特別な意志が必要な気がした。

目当ての部屋をノックした。

曇りガラスのついたベニヤ製の扉はひどくチャチで、扉の向こうの気配を生々しく伝えてきた。当たり前だが、伝わってきたのは緊張感だった。

ギッと音を軋《きし》ませて扉が開いた。わずかな隙間から顔をのぞかせた梨乃は、驚いて眼を丸くした。

「悪かったな」

功児は低く声を絞った。

「兄貴の家じゃなかなか話しかけられないから、尾行しちまった。ストーカーみたいなことして申し訳ない」

内心では、尾行そのものより、彼女の決してよくない暮らし向きを暴いてしまったことに対して謝っていた。

梨乃は深い溜息をひとつつくと、

「……どうぞ」

扉を開いて中に招いてくれた。なにもない、六畳ひと間の部屋だった。若い女が暮らしている華やいだ雰囲気は、微塵《みじん》も感じられない。畳は剝《む》きだしで、壁がすべて見えていた。建物自体からはリアルな生活感ばかり漂ってくるのに、家財道具がなにもないので荒涼としている。

「独り暮らし、だよね？」

「ええ」

梨乃は部屋の殺伐さを恥ずかしがる様子もなく、普通にうなずいた。

「理由を聞いてもいいか？　ここは思い出の場所かなにかなのかい？」

「べつに……」

「このアパート、家賃がものすごく安いんですよ。駐車場に毛が生えたくらい。わたし、お金を貯めたいから」

梨乃は苦笑した。

「なんのために？」

「ふふっ、どうしたんですか？」

梨乃は口許《くちもと》に淫靡《いんび》な笑みをこぼすと、身を寄せてきた。装いは清純な家庭教師のまだったが、眼つきが小悪魔的なものになっていた。

「わたしを質問攻めにするために、わざわざ尾行までしてきたの？　抱きにきてくれたんじゃないの？」

細い手指が、ズボンの前を包みこんだ。顔に似合わない淫《みだ》らな手つきに、功児は一秒で勃起《ぼっき》した。梨乃から漂ってくる甘い匂いが、男根に熱い脈動まで刻ませて、息が苦しくなっていく。

もちろん抱きたかった。

そのために尾行してきたのだろうという指摘は、間違っていない。

だが、本能が警鐘を鳴らしていた。

梨乃はなにかを隠しているようだった。セックスになだれこむことで、なにかを誤魔化し、うやむやにしようとしている。そしてその隠されたなにかは、功児にとって重要な情報のはずだった。知りたかった。彼女はただのセックスフレンドではない。取り戻さなければならない魂そのものなのだから。

「ちょっと待てよ」

功児は梨乃から体を離し、荒れた畳の上にあぐらをかいた。

「キミって女は謎が多すぎて混乱しちまうぜ。少し話をしよう。いったいどういうつもりなんだ？　どういうつもりで俺に……」

「謎なんてないじゃない」

　梨乃は立ったまま一笑に付した。

「セックスがやりたくなったら我慢できなくなる淫乱《いんらん》で、お金を貯めるために貧乏してるってだけでしょ？　ただ、仕事で通っている家じゃ、本性を見せてないだけ。それくらいの職業的良心はもってるのよ」

「……淫乱？」

　功児は息を呑《の》んで首を傾げた。そんなふうには思えなかった。ましてやいまは、化粧も薄ければ黒いドレスも着ていない。どんな親でも我が子の家庭教師にしたいと思わせるような、清らかな雰囲気だけを放射している。

「そう、淫乱」

　梨乃は両手を腰にあてると、ダンサーのようにヒップを振った。ミニスカートが翻り、肉づきのいい太腿《ふともも》がチラリと見える。珍しくストッキングを穿《は》いていない。太腿は生身の乳白色に輝いている。

「ちょうどやりたいところだったから、尾行してもらって助かっちゃった。昨日もそうだったけど、功児とはそういうタイミングがぴったりね」

もう一度ヒップを振る。今度は太腿が付け根まで露《あら》わになり、純白のショーツが股《こ》間《かん》にぴっちりと食いこんでいる様子がうかがえた。

抱きたかった。

野外の屋上ではできなかった愛撫《あいぶ》を施し、体の隅々まで舐《な》めまわしてやりたかった。翻弄《ほんろう》の果てに深々と貫いて、このアパートが揺らぐぐらい淫らな悲鳴をあげさせてやりたい。

だが、功児は立ちあがった。みすぼらしいベニヤの扉にもたれかかり、眉《まゆ》をひそめて梨乃を睨《にら》んだ。

「今日はやめとく。もう帰るよ」

「なあんだ……」

つまらない男ね、という眼つきで、梨乃は笑った。

「ひとつだけ質問させてくれ」

功児は低く声を絞った。訊《たず》ねたいことなら百も二百もあったけれど、たったひとつの問いにすべてを賭《か》けてみることにした。

「いいわよ、なんでも訊《き》いて。わたし、嘘はつかないから」

梨乃は笑っている。瞼《まぶた》を半分落として笑う、その妖艶《ようえん》な表情そのものが嘘にまみれている気がしたが、ひとまず置いておく。

「なぜ金を貯めてるんだ？　こんな貧乏暮らしまでして」

「東京に行きたいの」

梨乃は躊躇《ためら》うことなく答えた。

「なにしに？」

「そうね……」

梨乃は顎《あご》の下に人差し指をあて、大きな黒い瞳《ひとみ》をくるりとまわした。

「言いにくいけど……遊びたいの」

「……よくわからんが」

「パーティみたいな毎日を送りたいのよ。綺麗《きれい》に着飾って、毎晩飲み歩いて、男とも片っ端からやりまくって……頭が空っぽになるくらい遊びまわるの」

馬鹿馬鹿しい、という言葉を、功児は喉元《のどもと》で呑みこんだ。梨乃が冗談を言っているように見えなかったからだ。他人からはどれほど馬鹿げて見えることでも、本気で追求している人間には迫力がある。瞳に凛々《りり》しさが宿る。

「どうして東京に……」

震える声で訊ねるのが精いっぱいだった。

「質問はひとつだけじゃなかったの？」

梨乃は歌うように言って中腰になった。功児は息を呑んだ。梨乃がミニスカートの下からショーツを脱いで、手首に巻いたからだ。昨夜も見た光景だった。あのときは、黒いドレスの下から真っ赤なショーツを脱ぎ、やはり手首に巻いた。

「ねえ、功児。それ以上質問するなら、わたしの口が軽くなるようにしていただけませんこと？」

芝居じみた口調で言い、白いショーツを巻いた手で足元を指差した。ひざまずけと言いたいようだった。その仕草もまた、芝居じみていた。

「この前のお返し、してよ」

屋上でフェラチオをしたお返しに、クンニリングスをしろということらしい。功児はふうっと息をついて首を振った。大胆というか奔放というか、まったく手に負えないじゃじゃ馬だ。

しかし、次の瞬間、功児は荒れた畳に両膝《りょうひざ》をついていた。セックスが我慢できなくなったからでも、質問を続けることに執着したからでもない。

負けた、と思ったからだ。

どうして負けたのか、そもそもなにに負けたのか、まるで定かではなかったけれど、おそらく彼女の放つ存在のオーラそのものに負けたのだ。

ひざまずいて梨乃の腰を抱きしめた。

梨乃が片脚をあげ、功児の肩にのせてくる。赤いチェックのミニスカートの奥から、熱を帯びた女の匂いが漂ってくる。ミニスカートをまくると、楚々《そそ》と茂った草むらが眼に飛びこんできた。黒い艶《つや》が卑猥《ひわい》で、柔らかそうな繊毛だった。その奥には、アーモンドピンクの花びらが見えている。

功児は唇を押しつけた。舌を差しだして舐めた。眼も眩《くら》むほどのいやらしい舌触りがした。焦って割れ目に舌をねじこみそうになる自分を、懸命に抑えなければならなかった。

「んんっ……わたしが東京に行きたい理由はね……」

梨乃はビクンッと腰をひねって、功児の頭を両手でつかんだ。舌の動きに合わせて腰をくねらせながら、話しはじめた。

「本当はどこだっていいのよ……パリでもニューヨークでも香港でも……でも、東京なら日本語通じるし、いちおう日本じゃいちばん大きい都会でしょう……だから行きたいの……どこまで行っても街が続いている大都会で、毎日日の出を見るまで遊びまわるの……馬鹿みたいにね……でも、人間、馬鹿になる瞬間が、いちばん素敵だと思わない？　パンツ脱いでおまんこ出してペロペロされてアヘアへいって……馬鹿みたいじゃない？　でも馬鹿になるこの瞬間って最高でしょう……くぅううっ！」

功児がクリトリスの包皮を剝《む》き、ねちねちと舐め転がしはじめると、梨乃はそれ以上言葉を継げなくなった。

かまいやしなかった。彼女の言葉が理解できなかったからだ。人間、誰にだって遊びまわりたい欲望はある。冗談交じりの夢物語ならそれでいい。聞き流しておけばいい。

だが、底の抜けた享楽を求める梨乃の心の裏側には、ゾッとするほど寒々とした風景がひろがっているように感じられた。たとえばこのアパートの部屋のように、からっぽの場所だ。ひどく荒れ果てて、潤いをなくした心が享楽を求め、淫乱じみたセックスに駆りたてている、そんな感じがしてしょうがなかった。

「ねえ、それっぽっちなの？」

梨乃が声を尖《とが》らせる。

「歌舞伎町でキャバクラのボーイやってたんでしょう？　僕はやりちんですって顔に書いてあるけど、そんなぬるいクンニしかできないの？」

「むううっ！」

功児は顔を真っ赤にして、梨乃を畳に押し倒した。両脚をＭ字に割りひろげると、ふうふうと鼻息を荒げながら、本格的なクンニリングスを開始した。お望みなら、舌だけで何度もイカせてやる。潮だって吹かせてやる。だが、火を噴きそうなほど熱くなっていく顔とは対照的に、心はどんどん凍《い》てついていく。

「ああんっ、いいよっ！　もっとしてっ！　舌でほじってっ！　梨乃のおまんこ、奥のほうまで舐めまわしてっ！」

偽悪的に卑語を叫び、身をくねらせる姿がせつなかった。ほとんど痛々しいくらいだ。彼女がそんなふうに振る舞えば振る舞うほど、功児の中に芽生えた疑惑は確信に近づいていった。

自分たちは似た者同士なのだ。

彼女もまた、どこかに落としてきてしまったのではないだろうか。

大切なものを。

魂に似たなにかを。

第七章　せつない願い

功児はファインダー越しにラブホテルの部屋を眺めている。

色褪《いろあ》せた花柄の壁紙、合成皮革の狭苦しいラブソファ、埃《ほこり》を被《かぶ》ったシャンデリア風の照明……見れば見るほど安っぽい部屋だ。

カメラは兄のものだった。兄の会社のリコール騒動はまだ沈静化には程遠く、兄はなかなか家に帰ってこられない。帰ってきても仮眠とシャワーですぐにまた会社に向かうので、勝手に倉庫から拝借してきた。

功児のカメラよりもずっと格は落ちるものの、いちおう一眼レフだった。ただ、レンズに黴《かび》が浮かんでいて、オーバーホールが必要そうである。朋貴が子供のときに使っていたのだろう。もうずいぶんと長い間、放置されていたらしい。

ファインダーをのぞきながら、レンズをベッドに向けた。

「……なに？」

千佳が乳房を揺らして体を起こし、カメラを見て顔をこわばらせる。一糸纏《ま》わぬ裸身だった。功児もブリーフ一枚だ。愛撫《あいぶ》を途中で中断して、カメラを取るためにベッドから降りたのである。

「たまにはちょっと刺激的なことをしようと思ってさ」

功児が千佳に向けてシャッターを切ると、

「いやっ！」

千佳は布団を引き寄せて裸身を隠した。

「大丈夫、大丈夫」

功児は笑った。

「デジタルカメラだから、この部屋を出ていくときにデータを消せば、なにも残りませんよ。撮った写真は、エッチのあとふたりで見るだけ」

「そんなこと言ってえ……」

千佳はデータ消去の話に安心したようだったが、まだ表情がこわばっている。

「見たくないですか？　自分のヌード」

「どうして？　すごく綺麗《きれい》なのに」

「……べつに」

「でも……」

「体も綺麗ですけど、表情もすごいチャーミングなんですよ。知ってます？　女ってイクとき最高に綺麗な顔をするようになってるんですよ……」

功児はカメラを構えたまま、千佳に近づいていった。千佳は布団で体を隠しながら、恨めしげな眼つきで睨《にら》んでくる。彼女の心理は単純で複雑だった。撮影には抵抗があるが、早くセックスを始めたい。恥部は隠せても、欲情は隠しきれない。

「ねえ、いいでしょう、撮っても」

「わかったから早くしてよ……」

千佳は横顔を向けて言った。眉《まゆ》をひそめ、頬をひきつらせていたが、ほのかなピンク色に染まった頬から、生々しい欲情が伝わってくる。

「じゃあ、どうせならもっと刺激的なことをしませんか？」

功児はカメラバッグからあるものを取りだした。大人のオモチャだ。ウズラの卵形のローターと、細身のヴァイブをベッドに投げた。

「……なにこれ？」

千佳が呆《あき》れた顔で苦笑する。

「使ったことないんですか？」

功児が訊《たず》ねると、

「あるわけないじゃない」

怒ったように頬をふくらませた。夫に浮気をされていても、そこまで堕《お》ちたくないと顔に書いてある。

「ハハハッ、そんな怖い顔することないじゃないですか。こんなチャチなものでも、使い方次第でけっこう気持ちいいんですよ」

功児はローターを千佳に握らせ、スイッチを入れた。ジィー、ジィー、と淫靡《いんび》な振動音が鳴り、千佳が大きく息を呑《の》む。

功児は千佳にローターを握らせたまま、股間《こかん》に導いていった。

「あっ、いやっ……」

千佳はあわてて脚を閉じようとしたが、功児の手の動きのほうが早かった。ローターはすでに股間にあてがわれ、振動が女の割れ目を震わせていた。

「あああっ……くぅううっ！」

千佳は喜悦に声を歪《ゆが》ませて、裸身を淫《みだ》らにくねらせた。功児はその両脚をぐいっと

M字に割りひろげると、カメラを構えた。

「いい感じですよ。もっとエッチな顔をしてください」

「ええっ？」

千佳は眼尻《めじり》を垂らして、泣きそうな顔になった。

「ひとりで……してるところを……撮るわけ？」

「燃えるでしょ？」

功児はとぼけた調子で答え、シャッターを切った。廉価なカメラでも、シャッター音は悪くなかった。顔を撮り、股間を撮る。レンズを通した熱い視線が、人妻の欲情したボディを舐《な》めるように這《は》いまわっていく。

「ううう……」

千佳は唇を嚙《か》みしめたが、意識はジィージィーと振動しているローターにすっかり奪われているようだった。まだ遠慮がちにあてがっているだけだったが、もっと大胆に使えばどうなるのか、期待を高めている。欲情を揺さぶられている心の動きが、眉根《まゆね》を寄せた卑猥《ひわい》な表情からありありと伝わってくる。

「ほら、気持ちよくなってくださいよ」

功児は右手でカメラを構えながら、左手を千佳の太腿《ふともも》に伸ばしていった。敏感な内腿の肌を、触るか触らないかのフェザータッチで、さわさわと撫《な》でてやる。爪を立てて、欲情を焚《た》きつける。

「うっくっ……んんっ……」

千佳は苦悶《くもん》の表情で身をよじったが、M字に開いている両脚は閉じなかった。功児の思惑通り、内腿の刺激が呼び水となって、ローターを動かしはじめた。クリトリスに直接あてると刺激が強すぎるようだったが、花びらや粘膜を振動する球体でいじりたてては、ハアハアと息をはずませる。瞳《ひとみ》をねっとりと潤ませて、上目遣いに見つめてくる。

「ああっ、やっぱりいやよっ……こんなっ……恥ずかしいっ……」

功児はシャッターを切った。

「大丈夫ですって。もっと大胆にやってみよう」

「でもぉ……」

「千佳さん、いつもよりずっと色っぽいから。羞《は》じらってるところが超エロティック。ふるいつきたくなってくるよ」

シャワーのように降り注ぐシャッター音と、熱っぽく甘ったるい褒め言葉が、千佳の気持ちを吹っ切った。

「あああっ、いやあっ……いやあああっ……」

恥ずかしげに身をよじりつつも、右手でつかんだローターで股間をまさぐる。そうしつつ、左手で乳首を揉《も》みしだきだす。あずき色の乳首をひねりあげては身震いし、アーモンドピンクの花びらをローターでめくりあげていく。

「あああっ……いいっ！」

千佳は上体を起こしていられなくなり、あお向けに倒れた。ブリッジするように背中を反らせながらも、両脚は閉じずにローターの振動をむさぼっている。足指をぎゅっと折り曲げてシーツをつかもうとする動きが、たまらなくいやらしい。

やがて、両脚の間から獣じみた匂いがむんむんと漂ってきた。

手で隠れて見えないが、女の部分はもう、相当に潤っているようだった。

「ちょっと見せてくださいよ」

功児は千佳の手を股間から剝《は》がした。アーモンドピンクの花びらが蝶《ちょう》のようにぱっくりと口を開いて、つやつやと濡《ぬ》れ光る鮭肉色の粘膜を露《あら》わにしていた。ローズピンクの蕾《つぼみ》のような蜜壺《みつつぼ》から、発情のエキスをしとどにこぼし、セピア色のアヌスまで濡れ光らせている。

「すごい濡らしっぷりですねえ」

淫靡な笑みを投げてやると、

「だってぇ……」

千佳は恥ずかしげに眼を伏せた。

「こんなことしたの……初めてだし……」

「写真に撮られてると思うと、興奮しちゃうんでしょう？」

「ううっ……」

千佳が頬を赤らめてうなずく。

「いいんですよ、もっとエッチになって……」

功児はシーツの上に転がっていたヴァイブを手にした。球体を連ねたような凹凸のついた真っ赤なスティックは、ローターよりもずっとまがまがしい姿をしている。

「これも入れたら、興奮も倍増すると思いますから」

股間に近づけていっても、千佳はもう逆らえなかった。欲情しきった瞳でヴァイブを眺め、ごくりと生唾《なまつば》さえ呑みこんだ。

挿入された状態を想像したらしい。だが、想像はすぐに裏切られるだろう。功児が用意したヴァイブは、普通よりずっと細身のものだった。前の穴に入れるためのものではなく、アヌス専用のヴァイブだからだ。

「ひいっ！　そこは違う……」

ヴァイブの切っ先をセピア色のすぼまりにあてがうと、千佳は顔色を変えた。しかし、功児はかまわず押しこんでいく。発情のエキスをたっぷり浴びているから、排泄《はいせつ》器官の入口とはいえ容易に切っ先を迎え入れてしまう。

「ああっ、お願いっ……やめてっ……」

「だって千佳さん、ここ好きじゃないですか？」

功児が威圧的な笑顔を向けると、

「ううっ……」

千佳は顔をそむけて唇を嚙んだ。

初めての情事で、功児は千佳のアヌスを責めた。バックスタイルで突きあげながら、尻の穴に指を突っこんで掻《か》きまわしてやった。それ以来、千佳はやみつきになっている。アヌスを責められながらピストン運動を送りこんでやると、何度でも絶頂に駆けあがっていく。逆にバックで結合してアヌスに指を入れないと、物欲しげな眼つきで振り返るほどだ。

ヴァイブは指より少し太かったが、充分に許容範囲だろう。功児は発情のエキスをローション代わりにして、むりむりと押しこんでいった。

「うっくっ……くぅうううううーっ！」

千佳の顔が苦悶に歪《ゆが》み、紅潮していく。耳も首筋も胸元も真っ赤に燃やして、禁断の排泄器官にヴァイブを受けいれる。閉じていれば可愛いアヌスも、人工的なシリコンスティックで押しひろげられると途端に卑猥な姿になる。功児はヴァイブのスイッチを入れた。無理やりひろげられたすぼまりを、小刻みな振動で震わせた。

「あおおっ……あおおおおっ……」

千佳は苦悶にうめき声をあげ、全身から生汗を噴きださせた。アヌスの違和感から逃れるように、ローターを操る。いままで禁じ手にしていたはずなのに、クリトリスに直接押しつけ、振動を送りこむ。

「はっ、はぁおおおおおおーっ！」

獣じみた悲鳴をあげて、M字に開いた両脚をぶるぶると震わせた。そのせいでアヌスからはみ出したヴァイブがスウィングし、女体にまた新たな刺激を与える。快楽のクローズドサーキットが完成する。

功児は夢中になってシャッターを切り、あえぐ千佳を撮影した。

衝撃的な写真が撮れた。ローターだけでオナニーしていたときは水もしたたるような艶《つや》があったが、アヌスにヴァイブを突っこんで悶《もだ》える姿は、いやらしすぎていっそグロテスクなほどだった。欲望の前にはなすすべもなく恥という恥をさらしきる、女の業すら感じさせる。

「ねえっ……ねえっ、功児くんっ……」

あられもなく悶え泣きながら、千佳が声を絞った。

「その写真、絶対にっ……絶対に消してよっ……こんな姿を誰かに見られたら、身の破滅よっ……わたしっ……わたし、生きていけないっ……」

言いつつも、一度走りだした欲情はとまらない。眼を開けているものの、潤みに潤んだ瞳が焦点を失っている。

「ああっ、イキそうっ……わたしっ……お尻《しり》でイッちゃいそうっ……」

「イッてくださいよ。この部屋を出るとき、データは全部消しますから。安心してイケばいいですよ」

功児は答えながら、腹の中でペロリと赤い舌を出していた。

申し訳ないが、彼女に見守られながらデータを消す前に、コピーをつくって抜きとらせてもらうつもりだった。つまりこの部屋を出ていくときには、ひとりの人妻を身の破滅に導ける切り札を、きっちりと手中に収めていることになる。

千佳の夫を脅し、兄嫁と別れさせるためではなかった。

兄嫁の浮気をやめさせることさえ、いまとなっては二の次、三の次だった。

金が必要なのだ。

梨乃のためだ。

運命の女と疾走するために、功児はおのれの手を汚す覚悟を決めた。

歓楽街の裏にあるボロアパートで情事に耽《ふけ》ったあと、梨乃は功児に言った。

「貸し切りにしてあげましょうか」

天井を見上げて息をはずませている彼女の顔にはまだ、オルガスムスの痕跡《こんせき》が生々しく残っていたが、口ぶりはしっかりしていた。

「東京に連れていってくれて、遊びまわれるお金を用意してくれるなら、その間、あなたのものになってもいいよ」

「……なんだって」

功児はその話に飛びついた。飛びつかずにはいられなかった。

歌舞伎町にはしばらく近づきたくないけれど、東京には他にもたくさん繁華街がある。着飾った梨乃と朝まで遊び歩き、愛しあう生活を想像すると、射精の余韻の気怠《けだる》さも消え、胸が高鳴った。彼女を連れて東京に戻れば、楽しいに決まっている。

問題は金だった。

まとまった金だ。

東京で小綺麗《こぎれい》なマンションを借り、しばらく遊び暮らすためには、少なくとも五、六百万、できれば一千万は欲しいところである。

もちろん、そんな生活は長くは続かないだろう。バブル時代でもあるまいし、この不景気のご時世に、そんな大それた夢を胸に抱くこと自体、愚か者の所業かもしれない。あぶく銭で遊び歩いている連中のろくでもない末路など、歌舞伎町で働いていれば嫌というほど眼にしている。

しかし、相手が梨乃なら話は別だった。

一時でいい、ふたりで自堕落な生活に溺《おぼ》れてみたかった。溺れてみれば、未来はかならずや見えてくるはずだった。見えてこなければ、彼女が運命の女ではなかっただけの話なのである。

欲望が心を鬼にした。

金はもっているところから奪えばいい。眼の前に格好のターゲットがいた。千佳の夫だ。大病院の院長ともなれば、一千万くらいの金はそれほど痛くもないだろう。それに、彼は天罰を受けても致し方ない悪い男だ。浮気で千佳を傷つけている。兄嫁と不倫をして、兄を傷つけている。そう思えば罪悪感もわかない。

「ああっ、いやあっ……」

千佳が切羽つまった声をあげた。

「わたし、イッちゃうっ……お尻でっ……お尻でイッちゃうううーっ！」

アヌスをヴァイブの振動で刺激され、クリトリスにローターをあてがいながら、五体の肉という肉を痙攣《けいれん》させている。髪を振り乱し、顔中を汗と涙と涎《よだれ》にまみれさせて、オルガスムスに向かって駆けあがっていく。

功児はシャッターを切った。

「イッ、イクッ……イッちゃうっ……はぁあおおおおおおーっ！」

獣じみた悲鳴をあげる千佳をファインダーにとらえ、シャッターを切りつづける。カメラを持つ手が汗ばんでいた。白眼を剝《む》き、喜悦の涙に濡《ぬ》れた頰をピクピクと痙攣させながら絶頂に達した千佳の表情は、快感に揉《も》みくちゃにされすぎて、もはや人間離れしていると言ってよかった。

ハメ撮りなら数えきれないほどしたことがあるけれど、これほど衝撃的な画像を撮影したのは初めてかもしれない。これならいける、と思った。この画像を彼女の夫に見せつけてやれば、やすやすと大金を毟《むし》り取ることができるに違いない。

情事が終わった。

功児は千佳がシャワーを浴びている音を聞きながら、デジタルカメラのデータをメモリーカードにコピーした。あとは眼の前でカメラ本体に残ったデータを消去してやればいい。千佳はすっかり信じるはずだ。

シャワーの音がとまり、千佳が部屋に戻ってきた。

「やだ、まだ脚が震えてる……」

つぶやく顔にも、バスタオルを巻いた体にも、激しいオルガスムスの痕跡がくっきりと残っていた。ふらついた足取りは生まれたばかりの子鹿のようでも、欲求不満を完全燃焼させた満足感が全身から伝わってくる。

「ほら、ちょっと見てみなよ」

功児は手招きで千佳をベッドに呼び寄せると、湯上がりの肩を抱きながら、カメラの液晶画面を見せた。彼女のあられもないよがり顔が小さな画面に映っている。

「やだ……」

千佳は顔をそむけた。

「功児くんの嘘つき。ぜんぜん綺麗《きれい》じゃないじゃない。期待したわたしも馬鹿だけど……ひどいブサイク」

「そんなことないよ。このエッチな表情に男は興奮するんだから」

功児はニヤニヤ笑いながら次々に写真を変え、液晶画面を千佳に近づけた。

「もうやめて……ホントに見たくない……」

千佳が泣きそうな顔で言ったので、

「じゃあ消すよ。いっせい削除で全部消すからね」

「そうして」

功児は削除ボタンでデータを消した。画面に「削除しました」というメッセージが出るのを、千佳は横眼で確認していた。

「ハハッ、これでＯＫ。簡単なもんでしょ」

「……すうっとした」

千佳はバスタオルの巻かれた胸に手をあて、大きく息をついた。安堵《あんど》の溜息《ためいき》にしては、いささか大げさな感じだった。何週間も気を揉んでいた胸のつかえがとれたような様子に、功児は違和感を覚えた。

「千佳さん、本当は前にもハメ撮りしたことがあるんじゃない？」

カマをかけてみると、

「えっ……それは……そうじゃないけど……」

千佳はしどろもどろになり、眼を泳がせた。

「なんだよ、もう。思わせぶりな態度して」

功児は千佳のバスタオルを剝《は》がして、湯上がりに火照っている乳房をすくった。じゃれつくようにむぎゅむぎゅと揉みしだいては、乳首をつまむと、

「ああんっ、いやんっ！　くすぐったいっ！」

千佳は悲鳴をあげ、いやいやと身をよじった。激しすぎる情事のあとだった。体が敏感になりすぎているのだが、欲情は治まっているので、性感帯を刺激されるとくすぐったいのだ。

「ほら、言え。言えよ」

コチョコチョ、コチョコチョ、と左右の乳首を刺激してやる。

「ああっ、わかったっ！　わかったから、もうやめてっ！」

功児は乳房をすくったまま、愛撫《あいぶ》の手だけを休めた。

「ほら、やめたぞ」

「な、なんていうか……」

千佳はハアハアと息をはずませながら、声を絞りだすように言葉を継いだ。

「男の人って、その……セックスしながら写真とかビデオを撮るのが、どうしてそん

なに好きなのかなあって……」

「女が撮られると燃えるからだよ」

功児は反射的に言い返した。

「やっぱり、他にも誰かに撮られたことがあるのだろう？　ご主人かい？」

「ううん……」

千佳が気まずげに顔をそむける。

「……わたしじゃないの」

「んっ？」

功児は息を呑《の》んだ。胸のざわめきを覚えながら、耳元でそっと訊《たず》ねた。

「ダンナさんが、浮気相手とハメ撮りしてるってことか？」

千佳はしばし息を呑んでから、コクリと小さく顎《あご》を引いた。功児は衝撃を受けた。

千佳の夫の浮気相手といえば、兄嫁の貴子ではないか。

「たまたまね、見つけちゃったの……」

千佳が深い溜息をつく。苦々しい溜息だ。

「書斎を掃除しているとき、クローゼットの奥に見たことがないバッグがあったの。カメラのバッグ。側に三脚もあってね。どっちも目新しいし、うちの人がビデオを撮ってるところなんて見たことないから、なんかピンときて……」

嘘つけ、と功児は胸底で吐き捨てた。千佳は間違いなく、日々の生活から浮気の匂いを嗅《か》ぎつけ、その証拠を求めて夫の書斎を漁《あさ》ったのだ。

「見たのか、それ……」

「少しだけね」

「どうだった？」

「だから、少し見て……少しだけで気持ち悪くなっちゃって……ゴミ袋に入れて捨てようとして……」

「おいおい」

功児は苦笑した。

「カメラと一緒ってことは、テープだよね？」

「そうよ」

「そんなもの、外に出しておいたらまずいことになるぞ。ゴミ袋を漁ってるやつがいるかもしれないじゃないか。ましてや院長先生の邸宅のゴミなら……」

「そうね。わたしもそう思い直して、捨てるのやめた……」

千佳も苦笑した。泣き笑いのような顔を見せた。

「しかし、危なかったな。テープを処分するなら、磁石で磁気信号を狂わせるか、物理的にテープをめちゃくちゃに切っちゃわないと……」

「面倒じゃない、何本もあるのに……」

千佳は気怠《けだる》げに首を振った。遠い眼をした横顔がにわかに艶《つや》めいた輝きを見せ、功児の心臓に早鐘を打たせる。

それにしてもよくわからなかった。

彼女はいったい、なにが言いたいのだろう？

「ねえ……」

千佳が腕をつかみ、眉根《まゆね》を寄せた顔を向けてきた。

「いまそのテープ持ってるんだけど、功児くんにあげようか？」

「なんだって？」

功児は息を呑んだ。

「それでうちの夫を脅してお金をとってよ。ネットに流すって言えば、一千万でも二千万でもとれると思う。それぐらいのことしないと、あの人、本当に眼を覚ましてくれない……」

千佳は言葉を切ると、功児の腕にしがみついてきた。驚いたことに、嗚咽《おえつ》をもらしはじめた。熱い涙が功児の腕を濡《ぬ》らした。

「わたしね……元々は夫の愛人だったの……仙台の国分町《こくぶんちょう》でお水やってて……そのうち離婚するから一緒になろうって言われながら、五年も愛人やってた……馬鹿だなあって自分でも思った……そんなの嘘に決まってるってわかってるのに、ずるずる付き合ってて、三十も過ぎちゃって……だからね、彼が本当に結婚してくれたときは、天にも昇る気持ちになった……あり得ないよ、大病院の院長先生がホステスと結婚してくれるなんて……これが本当の玉の輿《こし》なんだって、もう最高に幸せな気分で……そりゃあ、お義母《かあ》さんや親戚《しんせき》から意地悪されたことだってあるけど、ぜんぜん気にならないくらいハッピーで……」

嗚咽と嗚咽の間に継がれる千佳の言葉は、切れば血が出るような切実さに満ちていた。

「でも……でもね、わたし悪いことしてたんだなあって、浮気されて初めて気づいた……思い知ったっていうか……愛人は愛人でつらいことばっかりだったけど、浮気をされるっていうのも……前の奥さん、わたしのせいでずいぶん泣いたんだろうなって……泣かせちゃったんだなって思った……バチがあたったんだって、我慢しようとした……でも、もう限界……わたし、わかるもの……略奪したから、身にしみてよくわかる……あの人、このままだとわたしを捨てる……わたし、捨てられちゃう……だから助けて……うちの人、脅してお金とって……そうすれば……」

功児はにわかに言葉を返せなかった。

むせび泣く千佳の肩を抱きしめた。

彼女に対して、初めて愛《いと》おしさのようなものを覚えていた。

みずからが浮気に手を染めてなお、払拭《ふっしょく》できない夫への愛がまぶしかった。捨てられるという予感に、全力で抗《あらが》おうとしている気持ちがせつなすぎる。

「ねえ、お願いっ……功児くん、わたしを助けてっ……あの人をっ……あの人を脅してっ……脅してお金をとってっ……」

功児の腕を揺すりながら、少女のように手放しで泣きじゃくる。

「ちょっと落ち着いて……大丈夫だから、千佳さん……」

功児は髪を撫《な》でて必死になだめた。

もちろん、彼女の申し出を断る理由はどこにもなかった。

アヌスにヴァイブを突っこみ、ローターでクリトリスをいじりながら白眼を剝《む》いている彼女の写真で、彼女の夫から金を強請《ゆす》ろうとしていたのだ。それ以上にインパクトがある、夫自身のハメ撮りビデオが手に入るなら、たしかに一千万でも二千万でも脅しとれるかもしれない。

それにしても……。

まだ見ぬ千佳の夫は、なんと深い業を抱えた男なのだろうか。千佳を泣かし、兄の啓一を疲弊させ、兄嫁の貴子すら翻弄《ほんろう》しているかもしれないと思うと、怒りがこみあげてくるのをどうすることもできなかった。

金をとるだけではすまない。

なにかもっと強烈なしっぺ返しの方法はないものかと、むせび泣く千佳の髪を撫でながら、功児は考えを巡らせた。

第八章　がんじがらめ

翌朝。

功児は一睡もしないまま納戸を出た。眼が疲れ、頭は鈍痛に痺《しび》れている。覚束《おぼつか》ない足取りで洗面所に行き、冷たい水で顔を洗った。それでも少しもすっきりしない。リビングに入ると、まぶしい朝日が窓から降り注いできて、立ちくらみに襲われた。

「おはようございます」

キッチンに立っている兄嫁に挨拶《あいさつ》をしたが、いつも通りに返事はなかった。テーブルには朝食が準備されている。ベーコンエッグにトースト。すっかり冷めていた。飲み物は自分で用意しろとばかりに、インスタントコーヒーの瓶とポットが置かれている。それもまた、いつも通りの光景だ。

食欲などこれっぽっちもなかった。

しかし、食べるふりをしなければリビングにいる口実がなくなってしまうので、しかたなくインスタントコーヒーをマグカップに入れ、ポットからお湯を注ぐ。トーストを齧《かじ》る。まずい。

いや、こんな状況では、たとえ三つ星レストランのシェフが腕をふるった料理でも、うまくは感じられないだろう。

昨夜《ゆうべ》から今朝にかけて、功児は納戸にこもってビデオを見続けた。千佳から預かったビデオだ。カメラごと渡してくれたので、功児はクルマに積んであったノートパソコンにそれを接続し、ひとりきりの鑑賞会の準備を整えた。

見る前は、さすがに興奮していた。

なにしろ、見目麗しい兄嫁の睦言《むつごと》を目撃できるのだ。それが本来の目的ではないにしろ、心が躍らなかったと言えば嘘になる。もちろん、兄嫁には貞淑でいてほしいし、兄を裏切らずに支えていてほしいと心から思う。だが同時に、貴子のように美しくエレガントな女が、どんなセックスをしているのか好奇心を疼《うず》かせてしまうのも、男としては致し方ないところだった。

だが、見始めてすぐに、胸の中が嫌な気分に占領された。見れば見るほど、見なければよかったという後悔だけが大きくなっていった。

功児が想定していたのは、ごく普通なハメ撮り映像だ。

小型のデジタルビデオカメラを所有していれば、それを手にしてフェラチオに耽《ふけ》る女の顔を撮影したり、三脚の上にセットして女体とまぐわっている様子を撮影したくなるのは、男としてごく普通の欲望に違いない。そのためにわざわざカメラを購入する向きだって少なくないだろう。

だが、千佳の夫――鈴原正隆《まさたか》という名前らしい――は違った。

自分はカメラの後ろに陣取り、決して姿を現さないまま、貴子を言葉責めにし、羞《しゅう》恥《ち》責めにした。リディスティックにいたぶり抜いた。驚くべきことに、貴子にはM女の気質があるようだった。

服を着ているときの印象と性癖は乖離《かいり》していることが多いから、それ自体は驚きに値しないかもしれない。

問題は度合いだった。正隆に顔を踏まれながら延々と足の指だけを舐《な》めまわしていたり、尻《しり》が赤く腫《は》れあがるまでスパンキングを受けたり、鼻の穴をひろげられるおぞましい拘束具を顔に着けられてコップ一杯もの涎《よだれ》を垂らしたりしていた。

圧巻は、小便をかけられながらの自慰だった。

貴子は正隆の小便を飲み、それを全身に浴びながら自分の股間《こかん》をいじりまわして、五体の肉という肉を揺さぶるオルガスムスに駆けあがっていった。功児が千佳にやらせたプレイなどチャチなお遊戯に思えるほど、鬼気迫る光景だった。

お互いに本気だからだろう。そこにはサディストとマゾヒストによる、「切り結ぶ」とでも表現するしかない関係がたしかに存在した。おぞましきSMプレイが、日常的なセックスの単なるスパイスではない、抜き差しならない情念や感情として見ている功児にも伝わってきた。

溜息《ためいき》がもれてしまいそうになる。

冷めたベーコンエッグをフォークでつつきながら、キッチンにいる兄嫁の様子をうかがった。

五年ぶりに再会した貴子は、三十九歳になってなお、美しさに磨きをかけた印象があった。高校を卒業した息子がいるとは思えない、濃密な色香を放っていた。その色香の源が正隆とのSMプレイにあるのかもしれないと思うと、コーヒーで流しこんだトーストやベーコンエッグが胃から逆流してきそうになった。

この女はいったいなんなのだろう。功児にとって兄と兄嫁は一種理想のカップルだったのだが、平穏で高潔で明るく見えた虚像の奥に、いったいどれほどドロドロした部分を隠しもっているというのか。

「わたし、出かけますから」

貴子は独りごちるようにつぶやくと、エプロンをはずしてリビングから出ていった。コミュニケーションを断ち切るような後ろ姿からすら、漂ってくる色香がむせかえるようだった。功児は息を呑《の》んで見つめてしまった。彼女がいま咲かせているのは毒々しい悪の華だったが、それも華には違いなかった。

午後七時、功児は国道沿いのファミリーレストランにいた。

ディナータイムにはまだ早いのか、店内はガランとして、功児のいるテーブルのまわりに客はいなかった。あるいは田舎のファミレスともなれば、この程度の客入りが普通なのだろうか。いずれにしろ、すいていてよかった。面会の場所にファミリーレストランを指定されたときは少々面食らったものの、これなら内密の話をしても問題はなさそうである。

待っている相手は、鈴原正隆だった。

午前中に病院に電話をかけ、面会を申し込んだ。兄嫁の名前を出し、ビデオの存在を伝えても、取り乱した様子はなかったが、即日の面会に応じた。内心では、かなり焦っているのだろう。いや、焦ってくれないと困る。

一千万か二千万、場合によったらそれ以上、いくら強請《ゆす》るのかは、まだ決めていない。こちらには切り札が二枚ある。千佳から渡された映像と、功児が千佳を撮影した写真だが、後者のカードまで切るかどうかも、まだ決めあぐねている。

鈴原正隆という人物が、つかみきれていないからだ。

大病院の院長で、それも親から継いだものを自分の器量で大きくしたというから、かなりのやり手に違いない。成功者がよくそうであるように女好きで、先妻がいたときから、千佳を愛人として囲っていた。性癖として極端にサディスティックなところもあるが、それがすべてではない。おそらく千佳には、貴子にしているようなことはしていない。

千佳から渡された映像には、正隆の姿は映っておらず、紳士的だが威圧感のある声と、手や足といったパーツしか確認できなかったから、良くも悪くもイメージだけがふくらんでいってしまう。

単なる俗物のような気もするし、そうではない気もした。貴子を手なずけているということが、いちばんのポイントだった。単なる俗物に、貴子ほどの女が引っかかるだろうか。屈辱的な責めを受け、自慰まで披露するだろうか。

　男と女は不思議なもので、どこかで釣りあっていなければ対にはならない。だから片方を見れば、片方を推し量れる。貴子と釣りあいのとれている男がやってきたら、いささかやっかいだった。功児には貴子を口説ける自信がない。兄嫁であるからではなく、貴子のようなタイプを攻略した経験がないのだ。ましてや結婚しているのだから、難攻不落の聖地に見える。

　対になるのではなく、刹那《せつな》的な快感だけで結ばれている場合もある。不倫や変態性欲が関わっていれば、なおさら肉欲オンリーの傾向は強いかもしれない。そういう場合、相手の男は俗物だ。

　俗物がやってきてほしいと、功児は心から祈った。それならばアドヴァンテージはこちらにある。功児は正隆の妻を寝取っている。相手を呑んで交渉を進め、大金を奪い、浮気をやめさせることができるだろう。千佳も兄も、苦悶《くもん》から解放されることになる。功児は功児で、梨乃と東京で遊びまわるための潤沢な資金を得ることができるから、すべてがうまくいくわけだ。

「若村さん？　鈴原だが……」

　いつの間にか男が側に立っていて、頭の上から声をかけてきた。仕立てのいいスーツに身をつつんだ体軀《たいく》が、異様に大きかった。身長百八十センチ以上ありそうだ。年は五十代半ばか。白髪まじりの髪をオールバックに撫《な》でつけ、髭《ひげ》をたくわえた顔は、声の印象と変わらない威圧感のある紳士だった。

「そうです。若村です。まあどうぞ」

功児はうなずいて前の席をすすめた。佐内を名乗るわけにはいかないので、梨乃の名字を拝借していた。

鈴原正隆はメニューも見ずにウエイターにコーヒーを頼んだ。それが運ばれてくるのを待ってから、功児は話を切りだした。

「単刀直入に申し上げます。これを買いとってほしいんです」

紙袋から、デジタルビデオのテープを一本出した。紙袋の中には、千佳に渡されたものがすべて入っている。もちろん、すべてコピーを作成済みである。

正隆はテープを手にし、ラベルを確認した。日付と番号が書かれているが、彼自身の筆致に違いなかった。

「千佳に頼まれたのかな？」

険しくなった表情が、猛禽《もうきん》類を思わせた。眉《まゆ》が太く、眼が大きい。黒眼が動くたび、ギョロリと音がしそうだ。

「自宅の書斎にあったものがここにあるということは、それしか考えられないな。空き巣が入ったという話は聞いていないし」

「申し訳ないですが、質問には答えられない。おたくが選択できる道はふたつだけだ。買いとるか、ネットに流出するのを甘んじて受けとめるか」

正隆はテープをテーブルに置くと、腕組みして眼を閉じた。ずいぶん長い間、そうしていた。といっても、計れば一分ほどのことだろうが、功児には一時間にも思える長い時間だった。考えこんでいるふりをしていても、余裕が感じられるところが苛立《いらだ》ちを誘う。

「三千万でどうでしょうか？」

揺さぶりをかけてみた。正隆は眼を見開いた。苦りきった顔で少しの間視線を泳がせてから、おもむろに胸ポケットから財布を抜きだした。一万円札を一枚、テーブルに置いた。

「コーヒー代だ。残りは駄賃にくれてやる」

功児は耳を疑った。

「あんまりナメないほうがいい。それとも現実を知らない馬鹿もんか？　少しお灸《きゅう》を据えてやろうと思ったが、千佳の大事な友達らしいから今日のところは勘弁してやる。

ネットに流出でもなんでも、やりたかったらやればいい。だがその場合、やったことの責任はきっちりとってもらうよ」

ギョロ眼で睨《ね》めつけられた功児は、蛇に見込まれた蛙のように動けなかった。正隆は言いたいことだけ言い終えると、席を立って店を出ていった。そのファミリーレストランは一階が駐車場で二階が店舗になっていた。窓から、階段を降りていく正隆の姿が見えた。黒塗りのクルマが国道に停まっていて、正隆はその後部座席に乗りこんだ。前にはパトカーが停まっている。正隆はクルマに乗りこむ前、パトカーに向かって手をあげて挨拶《あいさつ》した。

功児は背筋に戦慄《せんりつ》が這《は》いあがっていくのを感じた。

なるほど。強気な態度の根拠はそれか。大病院の院長先生ともなると、地元の警察ともツーカーということらしい。

水を飲もうとしたが、手が震えてグラスをつかめなかった。座っているのに、脚まで震えだしている。

惨敗だった。相手をどうせ田舎者だろうとあなどりすぎた。いきなり直接会うなんて、強請りのセオリーからすれば愚の骨頂だったのだ。しかし、それ以上に役者が違った。さすがに貴子をあそこまで手なずけている男だった。

失意と落胆だけを抱えて兄の家に帰った。

月曜日の午後九時前、そろそろ梨乃が家庭教師を終える時刻だ。

珍しくリビングが賑《にぎ》やかだった。といっても、笑い声がはじけていたわけではない。貴子と梨乃が並んでキッチンに立って夕餉《ゆうげ》の準備をし、朋貴がソファに座って携帯をいじっている。テレビから華やいだCMタレントの声がする。たったそれだけでいつもよりずっと賑やかに思えるのだから、この家はやはり異常だ。

「もうすぐご飯できますから、一緒にどうぞ」

貴子が声をかけてきた。まるで気持ちのこもっていない棒読みの台詞《せりふ》だったし、あさっての方を見て言われたのだが、それでも功児は驚いてしまった。この家に居候を開始してから、一緒に食事をしようなどと誘われたことはない。

さすがの兄嫁にも、家庭教師に対する体面というものがあるのだろう。あまりにギスギスした雰囲気ばかり見せていては格好がつかないと思ったに違いない。もっとも、その梨乃にしても、清純な家庭教師は表の顔で、裏には貴子が知れば腰を抜かしそうな本性を隠しているのだから、内心で苦笑がもれてしまう。この家はどこまでいっても、嘘で嘘を塗りかためたホームドラマのセットのようだ。

ソファに腰をおろした。

朋貴は眼も向けてこないで、携帯のゲームに熱中している。話しかけられたくないから、熱中しているふりをしているのかもしれない。

つけっぱなしのテレビでは、大学病院を舞台にしたドラマをやっていた。鈴原正隆を思いだして、功児は苛立った。金を強請《ゆす》りとるどころか、虫でも払うように追い払われた。千佳に探りを入れさせ、病院のスキャンダルでもつかんでやったらどうだろうか。脱税やら事故隠しやら、身内が探ればボロのひとつくらい出てくるはずだ。ただし、こちらが千佳と繋《つな》がっていることはもうバレているから、警戒していることは間違いないし、動きを察知されればしたたかな反撃を受けそうだが……。

ふうっ、と深い溜息《ためいき》がもれる。

とにかく一からやり直しだった。これでは兄も兄嫁も、千佳も救えない。梨乃と一緒に東京に戻り、遊び暮らす計画も煙のように消えてしまう。

梨乃を見た。

エプロンをつけて笑顔を浮かべながら野菜を刻んでいる姿はやはりどこまでも清純だったが、隣に貴子がいることでいつもとは少し印象が違った。貴子も美人なのだが、その美しさが梨乃の可憐《かれん》さを打ち消すことなく引き立てている。梨乃は本当に不思議な女だった。見るシチュエーションが変わるたびに、これほど様々な表情を見せる女を、功児は他に知らなかった。

いや……。

不思議なのはそれだけではない。貴子も貴子で、梨乃と並ぶと雰囲気が変わって見えた。顔のつくりも、育ちが醸しだす雰囲気もまったくの別人なのに、まるで姉妹や母娘《おやこ》に見えてくる。なにかが通じている気がした。しかし、その正体はまるで見当がつかなかった。

偶然なのか必然なのか、やがて兄まで帰ってきた。

マッサージチェアのリコール騒動が起こってから、兄がこんな早い時間に帰ってきたのは初めてだった。この二週間、ほとんど会社に泊まり込みで、三日に一度くらい、着替えとシャワーと仮眠のために、深夜遅く帰ってくるのが常だった。

当たり前だが、疲れているようだった。眼は落ち窪《くぼ》み、肌色は土気色で、唇がカサカサに乾いていた。背中を押せばその場に崩れてしまいそうなくらい、疲弊しきっているように見えた。

なのに、どういうわけか立ちすくんだまま動かない。思いがけず賑やかなリビングの光景に出くわして、面食らっているらしい。

「やだ、黒コショウが切れてる」

キッチンで兄嫁が大仰な声をあげた。

「カルボナーラなのに黒コショウがないなんて……味がぼんやりしちゃって、どうしようもないじゃない」

天を仰いで額に手をあてている貴子に、

「わたし、買ってきます」

梨乃がエプロンをはずして言った。

「自転車で行けばすぐですから」

すると兄が、横から口を挟んだ。

「自転車だとさすがに遠いだろう。僕がクルマで送っていく。雨も降りそうだし」

梨乃をうながして、ふたりで外に出ていった。

功児は無関心を装っていたが、内心でひどく驚いていた。疲れきっているはずなのに、家庭教師をスーパーまで送っていくやさしさに、ではない。

兄が梨乃を見る眼つきや、妙に落ち着かない態度が、不自然だったのだ。どうせやさしさを発揮するなら、ひとりでコショウを買いにいけばいいのに、梨乃とふたりきりになりたがっているとしか思えない。

下衆《げす》の勘ぐりと言われても、なにかを勘ぐらずにいられなかった。

もしかしたら兄は、梨乃を女として意識しているのではないだろうか。

まさか、と思った。いくらなんでも邪推がすぎる。

だが、可能性を完全には否定できなかった。キャバクラで働いていると、男には女に狂う時期があることがわかる。若い男ではない。四十代、五十代の、家庭も社会的地位もある男が、盲目的にキャストに入れあげて、端から見ていて気の毒になるくらい、翻弄《ほんろう》されて散財させられることがある。一見真面目な人ほど、このパターンに嵌《はま》りやすい。

男としての終わりを意識したのだろう、と功児は仲間とよく話していた。単なるスケベ心ではなく、これが最後の恋かもしれないと思ってしまうから、後先考えずに暴走してしまうのだ。

人は気持ちのいいセックスをするためにこの世に生まれてきたのだという真実を、老化に直面するまで気がつかなかったのである。だから、肉体的にも精神的にも、そろそろ恋愛ができなくなるかもしれないという年になって焦る。真面目一辺倒で誰かに遠慮して生きてきたいままでの人生を後悔し、無謀な戦いに打って出る。

翻って、兄だ。

真面目さでは人後に落ちない。おまけに、家庭でも職場でもトラブルに見舞われ、四面楚歌《そか》の状況だった。若く清純な梨乃に救いを求めたとしても、誰が非難できるだろう。

功児の心臓はにわかに早鐘を打ちだした。

局面が少し違っていれば、兄のちょっとした浮気心を微笑ましく思ったかもしれない。梨乃が兄のことなど相手にするはずがないからだ。しかし功児は、梨乃の本性をよく知っていた。彼女が欲しがっているものも知っている。

金だ。

東京で遊んで暮らすためのあぶく銭だ。

曲がりなりにも大手メーカーに二十年以上勤めている兄である。それなりの蓄えが、ないわけがない。

もしも梨乃が、それを目当てに兄を誘惑したとしたら……。

もしも兄が、金目当てとわかっていても、梨乃の誘惑にのったとしたら……。

もしも妻に裏切られている腹いせに、やけになって蓄えをすべて吐きだしてもいいと思ったとしたら……。

功児は戦慄《せんりつ》を覚えた。

両者の思惑がぴったりと合致してしまうではないか。

それはまずい。

ここで兄まで浮気に走ったら、この立ち腐れ、瀕死《ひんし》の状態に陥っている家は、確実に崩壊する。絵に描いたような理想の家庭だったはずなのに、お互いを憎しみあうようになって、散り散りばらばらになってしまう。

いや……。

それよりも、問題は梨乃だった。

功児にとって運命の女だ。落としてきた魂そのものなのだ。

たとえ兄でも、渡すわけにはいかなかった。

兄には貴子がいる。功児には逆立ちしても手に入れることのできない女を娶《めと》り、子供まで産ませておいて、いまさら心変わりは許されない。

スーパーに行ったふたりがなかなか帰ってこないので、功児はひどい焦燥感に駆られた。まさかすでに肉体関係があるとは思えないが、出ていくときの兄の眼つきと態度は、あきらかに梨乃と話をしたがっていた。

そして、ようやく帰ってきたと思えば、兄はほとんど放心状態で、梨乃は笑顔を忘れて眼を伏せている。その気になって注視すれば、ふたりの間になにかがあったことくらい、子供にでもわかる雰囲気を漂わせていた。

事件は夕食後に起こった。

食事を終えると、功児は早々に席を立ち、納戸にこもった。家族全員が揃っても、いや、揃っているからこそかもしれないが、料理の味もわからないほど空気が重苦しく、そらぞらしい嘘で塗りかためられ、みんなよくこんな雰囲気で飯が食えるものだと、逆に感心してしまったほどだ。

功児はひとりになって考えた。

兄も兄嫁も、千佳も梨乃も、そして功児自身も、すべての登場人物がハッピーエンドを迎えるにはどうしたらいいか？

難解なパズルだった。

兄と兄嫁、鈴原正隆と千佳、このふた組の夫婦が無事に元の鞘《さや》に収まり、自分は梨乃と東京へ行く、というのがベストな解決方法だった。しかし、人間関係がこじれにこじれているので、パズルを解くことが容易ではない。兄の本音も、兄嫁の本音も見えないし、鈴原正隆に至っては、人物像の輪郭さえ判然としない。はっきりしていることはただひとつで、このままでは全員がなんらかの形で不幸を背負いこまなければならなくなる、ということだけである。

考えれば考えるほど、苛立《いらだ》ちが募っていった。

叫び声をあげ、暴れだしたくなるような破壊衝動が、身の底からこみあげてくる。いつも肝心なところでこうだった。現実に冷たく突き放される。おまえの居場所は饐《す》えた匂いのする盛り場の路地裏だけなのだと言われているような気がして、暴れだしたくなる。

抜けだしたかった。梨乃とふたりで東京に戻れば、抜けだす道が見つかるはずだった。なのにうまくいかない。出口が見つからない夜だけが、ぴったりと寄り添ってくる。窓のない納戸が孕《はら》んだ閉塞感《へいそく》が、じわじわと正気を奪っていく。

まるでその心理が具現化したように、ガシャンッ！　という衝撃音がリビングから聞こえてきた。ガラスの割れる音だった。功児はバネではじかれたように体を起こし、納戸を飛びだした。

オカルト映画ではないのだから、行き場を失った負の感情が、ガラスを割ることなどあり得ない。しかし、あまりにジャストタイミングだったので、功児は恐怖を覚える暇もないほど反射的に、衝撃音が放たれた場所に向かっていた。

リビングで、兄と朋貴がテーブルを挟んで対峙《たいじ》していた。兄はポカンと口を開いて椅子に腰かけていた。朋貴は立っている。真っ赤な顔で、ふうふうと息を荒げている。兄の背後では、ガラス戸が粉々に砕けていた。興奮した朋貴が兄に向かってなにかを投げつけ、ガラスを割ったことは一目瞭然《りょうぜん》だった。

次の瞬間、朋貴がチェストをつかみ、頭の上に持ちあげた。

驚いた。

サイズも重さも、とても頭の上に持ちあげられる代物ではない。アンティーク風で重量感のある木材を使っているから、引っ越し業者でさえひとりで運ぶことに躊躇《ちゅうちょ》するだろう。ましてや華奢《きゃしゃ》な朋貴がそんなことをするとは、夢でも見ているようだった。火事場の馬鹿力よろしく、体力の限界を超えたなにかが彼を突き動かしているに違いなかった。おまけに朋貴はそれを、呆《ほう》けたような顔で座っている実の父親に向けて投げようとした。

「やめろ!」

功児が飛びかかって床に落とさせると、チェストの中に入っていた食器類が盛大な音をたてて割れ、角がフローリングに突き刺さって穴を開けた。

「なに考えてんだ、おまえは! 殺す気か!」

功児の怒声にも、朋貴は怯《ひる》まなかった。すさまじい形相で功児を睨《にら》みつけ、二階の自室に駆けあがっていく。功児は慄然《りつぜん》とするしかなかった。母親によく似た朋貴の切れ長の美しい眼には、狂おしいほどの殺意がありありと浮かんでいた。

第九章　罪と別れ

功児はひと晩中、ガマの油のような粘っこい汗を流しつづけた。

外は嵐のような強い雨が降りつづいており、それがもたらす湿気と気圧の変化が、窓のない三畳の納戸を、尋常ではなく不快な空間にしていた。

だが、すべての汗が気候のせいとは言えない。苦悶《くもん》の脂汗であり、冷や汗のほうが多いくらいだった。体以上に、心が嫌な汗をかいていた。

腹を括《くく》った決断をひとつ、したからである。

兄の啓一に関してだ。

このまま放置しておけば、兄はいずれ壊れてしまうだろう。愛妻の浮気に、息子の叛乱《はんらん》。呆然《ぼうぜん》自失の状態に陥っている兄に代わり、功児が割れたガラス戸の応急措置をしたのだが、朋貴が投げたのは重たいクリスタルの花瓶だった。頭や顔に直撃していれば、怪我ではすまなかったかもしれない。朋貴がなぜ、そこまで激しい暴力的な衝動に駆られたのかは不明だったが、この家を立ち腐らせている人間関係の軋轢《あつれき》は、もはや限界を超えているらしい。

最悪なことに、梨乃を送りにいっていた貴子が戻ってきて、功児が事情を説明すると、兄をいたわる素振りも見せないまま、二階の朋貴の部屋に駆けあがっていった。母親なのだから子供を優先するのはしかたがない。しかし、信頼関係もないのに一目散に子供の元でけ、単なる無視だ。兄の気持ちを考えるとやりきれなくなり、功児はその場にいたたまれなくなって、納戸に引きこもった。

解放してやろうと思った。

兄は昔から、なにごとに対しても冷静に対応し、状況をじっくり見極めてから行動するタイプだった。しかし、今度ばかりはその性格が裏目に出て、様子を見ているうちに、手も足も出なくなってしまったらしい。そうなってしまうと、兄のようなタイプは打たれ放題に打たれるだけだ。このままでは、反撃のチャンスもつかめないまま、家族の崩壊を呆然と見送るしかないだろう。

キレさせるしかなかった。

ある種のショック療法と言っていい。貴子の本性を知れば、いくらおとなしい兄だって、いつまでも指を咥《くわ》えているわけにはいかない。千佳から渡されたビデオを見せてやるのだ。ただの浮気ではなく、おぞましき変態性欲に淫《いん》しているその姿を。自分の女が他の男に抱かれ、オルガスムスに達している姿を見て、打ちのめされない男はいない。ましてや、男に小便を飲まされたり、その流れで自慰をしていたりするのだから、尋常ではないショックを受けるに決まっている。

百年の恋も冷めるだろうか？

あるいは関係の再構築に向けて、断固たる決意をするだろうか？

予想がつかなかった。下手をすれば、すべてを投げだして放逐してしまうかもしれない。普通に考えても、三行半《みくだりはん》を突きつけるだろう。それほどの毒が、あのビデオには含まれている。

それでも、見せないよりは見せたほうがいいと思った。

このまま、生きながら葬り去られるような状態に流されていくよりは、ずっとマシに決まっている。

いや……。

後ろめたさが、功児の胸を締めつけた。

それが本当に兄のためを思っての行動なのかどうか、自分がいちばんよくわかっていた。ひと晩中、苦悶の脂汗を流しながら貴子が変態プレイに淫しているビデオを眺め、衝撃的なシーンを抽出して、メモリースティックにコピーした。こんなものを目の当たりにしたら、反撃どころか兄は廃人になってしまうかもしれないと何度も手がとまった。

それでもやめられなかった。兄に落ち度がなければ、そこまでのことは考えなかったかもしれない。しかし、兄にだって落ち度があるのだ。

貴子という理想の愛妻がありながら、梨乃にも接近しようとしている。

それは許せなかった。

梨乃だけは渡すわけにはいかない。

兄を裏切り、傷つけてなお、彼女だけはこの手でつかみとらねばならない。

自分が抽出したビデオを再生してみる。

貴子はカメラを意識しながら、自分で服を脱ぐ。口を開いて男の小便を受けとめる。それが口からあふれだすと、絨毯《じゅうたん》の上にあお向けになって全身に小便を浴びせかけられながら、股間《こかん》をいじりたて、乳房を揉《も》みしだく。淫蕩《いんとう》きわまりないオナニープレイにどっぷり浸《つ》かって、体中を痙攣《けいれん》させながらオルガスムスに昇りつめていく。

何度見てもおぞましい映像だった。

だが、ただおぞましいだけなら、何度も見ることなどできない。

そのおぞましき映像の中で、貴子は解放されていた。変態性欲にもSMにも興味がない功児にはよくわからないが、そうとしか言いようのない恍惚《こうこつ》の境地で、肉の悦《よろこ》びをむさぼり抜いていた。

自分はここまで女を高みに導いたことがあるだろうか、と功児は自問した。答えは否だった。だから、おぞましさと同時にジェラシーを覚えずにはいられない。鈴原正隆に対して狂おしいほどに嫉妬《しっと》して、何度見ても胸を掻《か》き毟《むし》りたくなる。恍惚に体中を痙攣させる貴子から眼が離せない。

貴子は功児の妻でも恋人でもなかった。にもかかわらずこれほど感情をかき乱されるのに、兄が眼にすればいったいどうなってしまうのか。

考えないことにした。

考えても無駄だ。

決断はもう下されたのである。

明け方になってようやく眠りにつくことができ、昼過ぎに眼を覚ました。体中、汗びっしょりだった。雨音がした。雨はまだ降りつづいているようだった。

納戸を出ると、二階が騒がしかった。

「朋くんっ！　ねえ、ちょっと朋くんっ！」

兄嫁の焦った声がリビングまで響いている。

「開けてっ！　開けてくれないなら、ママ開けるわよっ！」

鍵《かぎ》が差しこまれる音がし、ドアが開く音がそれに続く。やがて、苛立《いらだ》ちを隠しきれない足音を響かせて、兄嫁が二階からおりてきた。

朋貴が家出をしたのだと、功児は直感的に悟った。

「いなくなったんですか？」

声をかけると、兄嫁は不快そうな一瞥《いちべつ》を向けてきた。なにかを言いかけて、それを呑《の》みこんだ。化粧をし、髪を整えてあった。ワインレッドのワンピースを着けていた。全身から匂いたつような色香が漂ってきて、これから男に会いにいくのだなと、功児にはまた直感が走った。

「……出かけてきます」

兄嫁は顔をそむけたまま独りごちるように言うと、功児に背中を向けて玄関に向かった。功児は追いかけた。

「朋貴くん、捜すの手伝いましょうか？」

「けっこうです」

兄嫁は靴を履きながら背中で答えた。

「あの子の行くところなら、だいたい見当はついていますから」

「あのう……」

功児は言わずにいられなかった。

「朋貴くんも心配でしょうが、兄ちゃんをよろしくお願いします。兄ちゃんにとって義姉《ねえ》さんは、命よりも大事な宝物だと思うんです。だから……」

言葉とともに、感情が堰《せき》を切ってしまう。自分はもう兄を助けることができないと思うと、目頭が熱くなり、貴子の背中が涙で曇っていく。

「ごめんなさい、急いでるの」

兄嫁は結局、一度も功児を振り返ることがないまま、せわしなく玄関から出ていった。

兄が帰宅する夜までの時間が長かった。

普段なら、午後二時に梨乃が家に来る日なのだが、貴子から朋貴がいなくなったと連絡がいったのだろう、梨乃が姿を現すことはなかった。生徒がいなくては、家庭教師の仕事はできない。功児にしても、いまの宙ぶらりんの気分のまま梨乃に会いたくなかったから、ちょうどよかった。

考えに考えた末、午後遅く家を出た。

向かった先は、鈴原正隆が院長を務めている病院である。噂に違《たが》わぬ大病院で、建物も新しければ、セキュリティもしっかりしていそうだ。

もしかすると、いままさにこのとき、貴子と情事を愉《たの》しんでいるのかもしれなかったが、常識的に考えれば、それは夜だ。貴子は身繕いを整え、夜の逢瀬《おうせ》に向けて美容院にでも行こうとしていたところに、朋貴の不在に気づいたのだ。院長である正隆は、おそらくまだ病院にいるはずである。

とはいえ、アポイントメントをとったわけではない。患者にまぎれて受付ホールをうろうろしつつ、アポなしでどうやって面会を申し込むか考えあぐねていると、幸運なことに、向こうから姿を現した。白衣を着た背の高いロマンスグレーが、取り巻きを連れてエレベーターから降りてきた。

鈴原正隆は功児に気づくと、取り巻きを先に行かせ、憂鬱《ゆううつ》そうな足取りで近づいてきた。

「またキミか……」

不快感を隠しもせずに言った。

「こんなところまで顔を出してくるなら、こっちも警察に届けなくちゃならないよ」

「実は俺、佐内貴子の弟なんですよ」

「……なに？」

正隆は眉《まゆ》をひそめ、息を呑んだ。

「一分でいいんで、話をさせてもらえませんか。もちろん、金の話じゃない。この前のお詫《わ》びをして、あんたを強請《ゆす》ろうとした理由を説明したい」

正隆は猛禽《もうきん》類のような眼を泳がせて、しばし逡巡《しゅんじゅん》していたが、やがて、ついてこいと眼顔で言って、非常口のほうに歩きだした。扉を二回開けると、駐車場に続く通路に出た。あたりに人影はなかった。

「弟っていうのはどういうことだ？」

「義理の弟ですがね、血が繋《つな》がっているのは夫のほうで。そこにおたくの奥さんが、例のビデオを届けてきた。僕の兄に、浮気をとめるように言うためです。兄はまいってしまいましてね。僕もちょっとばかり頭にきてしまったので、この前は強請りのような真似をしてしまいました。それについては謝ります。でもこちらの本意は金なんかじゃない。あんたと貴子さんに別れてほしいんです」

　正隆はじっと押し黙ったまま、功児の眼をのぞきこんでいた。患者の深層心理を探る、医者独特の所作だろうか。視線がひどく煩わしい。

「別れてもらえませんかね」

　功児が言葉を重ねると、

「かまわないがね」

　正隆は嘲笑《ちょうしょう》まじりに答えた。

「正直言って、こちらもいささか手を焼いているんだ。遊びのつもりで始めたのに、彼女のほうが本気になりかけている。迷惑とまでは言わないが、もてあましていることも事実なんだよ」

　鼻にかけた自慢げな口調は、唾棄《だき》すべきものだった。別れるつもりはないな、と功児は思った。少なくとも、事態を重くとらえて、自分から幕引きするような殊勝な態度を期待しても、馬鹿を見るだけだろう。

「とにかく、こちらの希望は伝えましたから……」

　功児は憤怒《ふんぬ》と虚《むな》しさを噛《か》みしめながら、正隆に背を向けて歩きだした。

兄が帰宅したのは、午後九時過ぎだった。

ひどく苛立っていた。雨はまだ降りつづいており、濡《ぬ》れたジャケットの肩を乱暴に払いながらリビングに入ってきた。

「あいつは？」

視線で貴子を探し、声を尖《とが》らせる。

「昼過ぎに、おめかしして出かけていったよ」

功児が答えると、

「この雨の中をか……」

兄は表情をますます険しくしてソファに腰をおろした。前屈《まえかが》みになって左右のこめかみを指で揉《も》んだ。長い溜息《ためいき》をもらす唇が震えている。

「朋貴、家出したらしい。夕方、貴子からメールが来たんだ」

「ああ、やっぱそうなの」

功児はとぼけた。

「昼間、家庭教師の先生が来なかったたし、貴子さんずいぶんあわててたみたいだから、そんな気がしてたよ」

「息子が家出してるのに、母親は外の男のところ……まったく、どうなってるんだ…

……」

　功児は兄の苛立ちを鎮めるために、キッチンから缶ビールとグラスを持ってきた。時間をかけて、ふたつのグラスにビールを注いだ。落ち着け、落ち着け、と自分に言い聞かせる。決断を鈍らせてはいけない。やると決めたことはやらねばならない。

「こんなときに、込みいった話をするのもなんなんだけどさ……」

　グラスのひとつを、兄の前にすべらせる。

「実は、兄ちゃんが会社に泊まりこんでいる間に、進展があったんだ」

「進展？」

「貴子さんの浮気の件だよ」

　お互いしばらく無言になり、ビールを呑《の》んだ。ひどく苦かった。

「鈴原千佳のダンナと接触することに成功してね。嫌な男を想像してたし、実際そんなタイプだったんだけど、とりあえずこっちの事情を話すと、別れることについては了承してくれた」

「だったら！」

　兄が声を荒げる。

「だったら、なんであいつは家にいないんだ。こんな大変なときに……」

「まあまあ興奮しないで……順を追って説明していくけど、鈴原って医者が言うにはだよ、どうもその、夢中になっているのは貴子さんのほうらしいんだよね。携帯電話の出会い系サイトかなんかで知りあったらしいけど、最初に会おうって言ってきたのも貴子さんなら、その後にしつこく会いたがったのも貴子さんだと言うわけ。貴子さんのほうが責任が重いとね」

自分でも呆《あき》れるくらい、嘘がつらつらと口をつく。

「責任……責任ねえ……」

しきりに首をひねる兄を見ていると、功児は胸が痛くなってきた。嘘をつくのは慣れているが、兄が打ちのめされていくところを見るのは慣れていない。とはいえ、もう後戻りはできない。行く道を行くしかない。

「要するに、最低のクソ野郎なんだよ、鈴原ってのは」

功児が突然声を荒げると、啓一は驚いて身を反らせた。功児は怒り心頭の表情でグラスのビールを一気に飲み干してから、言葉を継いだ。

「別れるのはかまわないから、手切れ金を寄こせときた。おいおい冗談じゃねえぞって、さすがの俺もキレそうになったよ。手切れ金ってもんは普通、男が女に払うものので、逆の話は聞いたことがねえってね。出るとこ出て困るのはそっちのほうじゃねえのかって……そしたら、鈴原の野郎……ニチャッって音がしそうな気持ちの悪い笑い方してさ、これを渡してきたんだ」

シャツのポケットから、メモリースティックを出してテーブルに置く。

「これを見てくれれば、僕が言いたいことが理解してもらえるはずだって、金の亡者のクソ野郎は言うわけだ」

「……中身はなんだ？」

兄が困惑顔で訊《たず》ねてくる。

「ハメ撮りだよ。脅しのやり方としては、まあよくできてるよ。クソ野郎が言うには、貴子さんがしつこく会いたがったせいで妻に浮気がバレてしまった。妻の機嫌をとるには金がかかる。だからこのハメ撮り映像を買ってくれと……」

「いくらなんだ？」

「五百万」

胆力をこめて言った。口調も態度も表情も、どんどん芝居じみていっているのに、兄はきっちりと食いついてきている。

「馬鹿にしてるっていうか、足元見てるんだよ。なにが、妻のご機嫌だって話さ。そんなの嘘に決まってる。ただ金にド汚いだけなんだ」

「おまえ、見たのか？」

兄がメモリーに視線を落としたので、

「好奇心で見たわけじゃないぜ」

功児はあわてて言った。

「手切れ金五百万なんて訳のわからない話、ひっくり返してやりたくて、俺だって必死だったんだ」

「ひっくり返せない内容だったんだな？」

「それは……」

功児は息を呑み、眼を泳がせた。重苦しい沈黙に、胸底であえぐ。それを振り払うように頭《かぶり》を振り、ソファから立ちあがる。

「それは兄ちゃんが判断してくれ。俺には判断できない。俺が兄ちゃんだったら……いや、やめとこう。とにかく見てくれよ。見たうえでどうするか、明日《あした》また話そう」

兄を残して納戸に向かった。

これが芝居の舞台なら、いったん幕だ。

二幕目の始まりは、深夜か、あるいは明日の早朝か。いずれにしろ、賽《さい》は投げられた。あとは兄の出方を待つしかない。

蒸し暑い納戸で、功児は朝までまんじりともせずにいた。

二階の寝室から兄がおりてくる足音が聞こえてきたのは、午前八時過ぎだった。

功児が出ていくと、兄はソファに座っていた。

リビングに入るのを一瞬躊躇《ためら》ってしまったのは、兄に生気がまったく感じられなかったからだ。まるで幽霊のように影が薄い。喪失感が塊になって、そこに置かれている感じである。

功児が隣に腰をおろすと、

「今日は会社を休むことにした」

兄は掠《かす》れた声で言った。自責や葛藤《かっとう》の痕跡《こんせき》を生々しく示す声だった。

「これから仙台に行くから付き合ってくれ」

「仙台？　なんでまた」

功児が首を傾げると、兄は魂までも吐きだすように深く息を吐きだした。

「都市銀行の支店は、あそこまで行かなきゃないんだ。コンビニのATMじゃ、一気に五百万はおろせない。五百万、おまえに託す。面倒を押しつけて申し訳ないが、動画のデータを全部消すよう、先方と話をつけてきてくれ」

功児は息を呑んでうなずいた。気が遠くなるような、現実感が失われるような、取り返しのつかない気分になった。

これが望んだ結果だろう？　ともうひとりの自分が耳元でささやく。

たしかにそうかもしれない。

これで状況は前に進む。

いまは幽霊のように影が薄くとも、兄はキレる。金まで払って貴子が自分の元に戻ってこなければ、キレるに決まっている。そのとき、兄はなにかしらの行動を起こすに違いない。吉と出るか凶と出るかはわからないが、とにかく現在の閉塞《へいそく》的な状況から脱却できるはずだ。

そして功児は、兄に託された金をもって梨乃に会いにいく。兄を裏切り、ふたりで手に手を取りあって東京に行く。

たしかに望んだ結果だった。

だが、兄はなにかを失い、功児もまたなにかを失った。口の中にビールより遥《はる》かに苦いものがひろがっていく。後悔などという言葉ではとても表しきれない巨大な十字架を、自分は背負ってしまったのだと思う。

せめて、兄が貴子と関係を修復できてほしい。めちゃくちゃになった夫婦関係を、朋貴のために立て直すことにしてほしい。

兄と一緒に新幹線で仙台に行き、トンボ返りで戻ってくるまでの間、ずっとそのことばかりを考えていた。

もちろん、関係修復が簡単なことではなく、現実的にはほとんど不可能なことくらい、わかっている。ただ女房を寝取られただけならば、話はまた違っただろう。映像まで目の当たりにしなければ、時間という河の底に記憶を沈めてしまうことだってできたかもしれない。貴子を愛しつづけることができたかもしれない……。

「なあ、兄ちゃん……」

目的地が近づいてきた新幹線の中で、功児は言った。

「悪いんだけど、俺もう、兄ちゃんち出るよ……」

「そうか……」

兄は顔を車窓に向けたままうなずいた。

「駅に着いたら、別れよう。もちろん、鈴原の件は、俺がきっちりカタをつける。金を渡すかわりに、貴子さんと別れて、貴子さんを撮影したすべての映像を破棄する約束させて、証文取るから……」

「こっちこそ悪かったな」

兄は眼をつぶって嚙《か》みしめるように言った。

「せっかく骨休みに来たのに、余計な面倒に巻きこんじまって……」

「いいんだ」

功児は首を横に振った。

「できれば力になってやりたいけど……俺にできることは、もう……」

新幹線の駅で別れた。

これが今生の別れになるような気がした。

少なくとも、功児には兄に合わせる顔がない。

駅の駐車場からＢＭＷを出すと、空が呆《あき》れるくらい綺麗《きれい》に晴れ渡っていた。

眼に映る青い色が、体の芯《しん》まで染みこんでくるようだった。

梅雨が明けたらしい。

第十章　狂おしき抱擁

薄闇の中で息をひそめていた。

納戸と違って窓があるので、外灯の光が差しこんできて、けっこう明るい。眼が慣れてくると、いろいろなものが見えてくる。といっても、この部屋には殺伐さ以外になにもない。煤《すす》けた天井や、破れた壁紙や、荒れた畳があるだけだと、功児はひとり、苦笑をもらした。

梨乃の部屋だった。

時刻は午後九時。一時間ほど前に訪ねてきたのだが、ノックをしても返事はなく、扉には鍵《かぎ》がかかっていなかった。部屋をのぞいても梨乃の姿はなかったが、待たせてもらうことにして、荒れた畳に座りこんだ。

部屋にはなにもなく、ガランとしている。といっても、本当になにもなくては生活できないから、押し入れの中に生活用具を詰めこんでいるのだろう。のぞいてみたいような気もしたが、さすがに遠慮した。キャバクラの更衣室もそうだが、女子の楽屋裏をのぞいても幻滅するだけだ。

眼につくところになにもなくても、梨乃が暮らしている気配は感じられた。ほのかに漂ってくる梨乃の匂いを鼻腔《びこう》に感じながら、彼女とした二回のセックスについてぼんやりと思い返した。

一度目は歓楽街の屋上で、二度目はこの部屋で、性器を繋《つな》げた。どちらも彼女のほうから誘ってきた。考えてみれば不思議なことである。普段の梨乃は決して自分から男を誘うタイプには見えない。むしろお堅い感じのほうが遥かに強い。一方の功児はハンターだ。獲物に狙いをつけ、追いこんでいき、仕留める。そのプロセスにこそ悦《よろこ》びを見出《みいだ》していたはずなのに、梨乃との関係性においては、なんだか自分が獲物になり、仕留められてしまったような気がする。

面白くなかった。

功児にとって理想のセックスは狩猟のようなものだ。

獲物である女のイメージは、可愛いバンビだろうか。野山ではなく、都会の盛り場で、彼女たちは逃げ、功児は追いかける。武器は猟銃よりもクロスボウがいい。獲物の行き先を予想して先まわりしたり、逃げ道を一つひとつ潰《つぶ》していきながら、じわじわと袋小路に追いつめていく。

スリルに満ちたプロセスだった。そして射程距離に入れば、躊躇《ためら》うことなく矢を放つ。脅しに拳銃《けんじゅう》を撃ち、的をはずしたまま一目散に逃げだすような愚かな真似は、絶対にしない。きっちりと狙いを定めて、ひきがねを引く。唸《うな》りをあげて風を裂く征矢《そや》を、可愛いバンビの急所に打ちこむ。

その最初の一撃に、得も言われぬ恍惚《こうこつ》があった。命を奪うかわりに、女を夢中にさせることができれば、ミッションコンプリート。

梨乃を相手にして、まだ味わっていない恍惚だった。体は重ねたものの、きっちり仕留めた実感がない。梨乃はまだ、功児に夢中になっていない。

だが、今夜こそは急所を狙ってひきがねを引ける、と思った。彼女が喉《のど》から手が出そうなほど欲しがっているものを、功児は手中に収めているからだ。五百万ではいささか心許《こころもと》ない気もするが、とにかくしばらくの間、東京で遊んで暮らすことはできるだろう。

梨乃は喜び、功児のことを見直してくれるに違いない。

そうなれば、今夜のセックスはこちらがイニシアチブをとれるはずだった。もうどうにでもして、と体を預けてくるに決まっている。

どうやって可愛がってやろうか、と思案を巡らせた。いままで獲得してきた性技を惜しみなく注ぎこんで、めくるめく快楽を与えてやるつもりだった。

もっとも、どんなやり方で抱いたとしても、目的はひとつである。

彼女を手なずけ、夢中にさせること。

いや、違う。

魂を奪うことだ。

ギシ、ギシ、と廊下を歩く足音が近づいてきて、部屋の前でとまった。扉が開き、廊下の灯《あか》りが差しこんでくる。裸電球のくせに、ひどくまぶしい。

「えっ……」

梨乃は眼を見開いて息を呑《の》んだ。梅雨明けの空のように青いニットと、ひらひらした黒いミニスカートを着けていた。ストッキングも黒だ。いつもより、少しだけ大人っぽい。

「不用心だぜ。鍵くらいかけて出かけろよ」

功児が薄闇の中でささやくと、梨乃はやれやれと苦笑まじりに首を振り、部屋の灯りをつけた。扉を閉めて中に入ってきた。

「用心したってしようがないでしょ。泥棒なんて入らないもん。こんななんにもない部屋に」

「まあな」

功児は笑った。

「たしかになにもない。だが、すぐに旅立つにはうってつけだ。金ができた。東京に行こう」

ずしりと重い紙袋を投げた。帯のついた百万円の束が五つ、入っている。

「……嘘でしょ」

紙袋を受けとめた梨乃が、早速中をのぞきこんだ。大きな黒い瞳《ひとみ》にみるみる輝きが宿り、表情全体が裸電球より明るくなった。

「これを……わたしに？」

「梨乃だけのもんじゃないぜ。ふたりで東京で遊びまわるんだ」

「同じことよ」

梨乃は破顔とともに身を躍らせ、功児に飛びついてきた。ふたりで畳に寝転んだ。歓喜がそうさせるのか、猫のように愛らしく機敏な動きだった。

「嬉《うれ》しい……すごく……」

噛《か》みしめるように言い、潤んだ瞳で見つめてくる。

「金がなくなるまで貸し切りだ。いいんだろう？」

「もちろん」

梨乃がうなずいたので、功児は抱き寄せた。安物の香水の匂いがした。安物でも、梨乃の体臭と混じりあっていると甘美だったが、東京に行ったらまず、デパートに行ってとびきりのパフュームをプレゼントしようと思った。

「……ぅんんっ！」

間近で視線が合い、唇と唇が吸い寄せられていく。梨乃の唇はふっくらと肉厚で、自分の唇より小さいのに、包みこまれるようなキスが味わえる。舌を差しだし、舐《な》めた。梨乃もつるつるした舌を差しだしてくる。ねっとりとからめあう。梨乃はわざと唾液《だえき》に糸を引かせ、熱い吐息でそれを切る。

「ぅんんっ……ぅんあっ……」

深まるほど、夢中にならずにいられないキスだった。梨乃の舌を吸いたてて、しゃぶりまわした。口内に舌をねじこんでいき、歯や歯茎まで舐めまわしていく。お互いの唾液が溶けあい、梨乃は眼の下をねっとりと紅潮させていった。ぎりぎりまで瞼《まぶた》を落としたその奥で、濡《ぬ》れた瞳を卑猥《ひわい》に輝かせる。

功児はたまらなくなって、口づけをしながら服を脱がしはじめた。青いニットをめくりあげると、白地に黒いレースがあしらわれたブラジャーが姿を現した。梨乃は白い下着がよく似合う。いつかは真っ赤なセクシーランジェリーに驚かされてしまったけれど、功児にとっては白い下着のほうがしっくりくる。

「ああっ、いやあっ……」

スカートを脱がすと、梨乃は珍しく羞《は》じらった。前二回の大胆な誘惑劇を思えば、驚くほどの女らしさだ。

なんだか、いままでとは眼つきまで違っていた。歓楽街の屋上で性交を求め、この部屋でクンニリングスを求めてきた彼女は、発情しきった獣の牝《めす》だった。そういう表現がぴったりきた。だがいまは、恋する女の眼をしている。功児の胸は熱くなった。女の眼つきなんて所詮《しょせん》は金次第、という考え方もあるだろう。しかしそれは、淋《さび》しい考え方だ。自分のために尽くす男に愛を感じるのは、女の本能なのだ。

梨乃の下半身は、黒いパンティストッキングに包まれていた。極薄の黒いナイロンに透けて、白いショーツが股間《こかん》にぴっちりと食いこんでいる。ガーターストッキングもいやらしかったが、パンストに透けるショーツはさらに卑猥だった。もちろん、男に見せるためにデザインされていないからである。

梨乃もそれがわかっているのだろう。なるべく見られないように脚をからめてきながら、抱擁とキスを深めてくる。口づけの好きな女だった。功児はファーストコンタクトのときの、彼女の台詞《せりふ》を思いだした。

「わたし、お口の中にも性感帯があるみたいなの……」

ならば、まずはそれをとことん刺激させてもらおう。

功児はキスを中断し、立ちあがった。ベルトをはずし、ファスナーをさげ、ブリーフごとズボンを脱いだ。男根は隆々と勃起《ぼっき》しきっていた。鬼の形相で天井を睨《にら》みつけ、畳に横たわっている梨乃に裏側をすべて見せつけた。

まだキスを交わしただけなのに、恥ずかしくなるような勃《た》ちっぷりだ。肉幹の野太いみなぎり具合も、太ミミズのような血管が浮きあがっている様子も、限界値に達している。勢いよく反り返っているだけではなく、ズキズキと熱い脈動を刻んでいる。

「舐めてくれよ」

腰を反らせてささやくと、

「今日はずいぶん積極的なのね」

梨乃は眼を細めて意味ありげに微笑みながら、上体を起こした。功児がいきり立っているようでもあり、得意なフェラチオを披露できることに興奮していることが嬉しいようでもある。

その唇は、ディープキスの残滓《ざんし》で濡れ光っていた。半開きになると甘い唾液がしたたってきそうなほど、淫蕩《いんとう》な本性を露《あら》わにしている。

「暗くして」

梨乃が言ったので、功児は蛍光灯から伸びた紐《ひも》を引っぱり、橙色《だいだいいろ》の常夜灯にした。明るい中で口腔《こうこう》奉仕をすることを、羞じらったわけではないようだった。橙色の常夜灯はむしろ、梨乃の淫蕩な唇を、さらに卑猥な器官に見せる演出効果を発揮した。薄闇のほうがセックスに適していることを、よく知っているらしい。

「なんだか勃ち力まで積極的みたい……」

そそり勃った男根にささやきながら、細指をからめてくる。限界まで野太くなっていたと思っていたはずなのに、少しひんやりした指の感触が、もう一段階、男の器官を硬くさせる。熱い我慢汁が噴きこぼれる。

「ぅんあっ……」

梨乃のピンク色の舌が亀頭《きとう》に触れた瞬間、功児の腰はビクッと跳ねた。興奮しすぎているということは、敏感になりすぎているということでもある。梨乃の舌が亀頭をねろねろと這《は》いまわり、唾液で濡れ光らせていくほどに、功児は自分の顔が燃えるように熱くなっていくのを感じた。舐めまわされている部分だけではなく、全身がペニスになったように硬直し、熱い脈動を刻みはじめる。

「気持ちいい？」

梨乃が上目遣いで訊《たず》ねてくる。

「ああ……」

功児がうなずくと、梨乃は嬉しそうに微笑んでから、ふっくらと肉厚な唇をOの字に割りひろげた。亀頭を咥《くわ》えこみ、軽く出し入れする。まずはぴっちりと口内粘膜で男根を包みこみ、やわやわと吸いたててくる。

深く咥えこんでいくにつれ、口内粘膜と男根に隙間をつくった。隙間に唾液を呼びこむためだ。梨乃はこの隙間と唾液の使い方が抜群にうまい。男根を唾液ごと、じゅるっ、じゅるるっ、と音をたてて吸いたてはじめる。唇をスライドさせては、ねちっこく亀頭に舌をからめてくる。ここがいちばん気持ちいいんでしょ、と言わんばかりに、カリのくびれを舐めまわしては、再びじゅるじゅると吸いたててくる。

「むううっ……」

功児は息を呑《の》み、首に何本も筋を浮かべた。鏡を見なくても、自分の顔が真っ赤に染まっていることがはっきりとわかった。

可愛い顔をしているくせに、相変わらず達者だった。しゃぶればしゃぶるほど、しゃぶり方が熱っぽくなっていくところなど、見事というしかない。このまま彼女に身を任せておけば、桃源郷にでも導いてもらえるだろう。

だが、そういうわけにはいかなかった。

今日で彼女と体を重ねるのは三回目。いままで通り、彼女にイニシアチブを預けたままではいけない。今日こそこちらが、追いつめ、仕留める番なのだ。急所を打ち抜き、夢中にさせるのだ。

「ぅんんっ……ぅんんんっ……」

梨乃が男根をしゃぶりながら上目遣いで見つめてくる。これほど嬉しそうに男根をしゃぶる女を見たことがない。男を喜悦に悶《もだ》えさせることが本当に好きらしい。おまけに、しゃぶりながら玉袋をあやす余裕まである。はずむ鼻息で挑発してくる。

「……ぅんぐぐっ！」

だが、小さな頭を両手でつかんでやると、梨乃の両眼は歪《ゆが》んだ。功児は腰を使いはじめた。勃起しきった男根をぐいぐいと抜き差ししていく。

「ぅんぐっ！　ぐぐぐっ……」

梨乃の可愛い顔はこわばり、みるみる紅潮していった。同じことをしていても、自分のペースと相手のペースではまるで違うものだ。しかも功児は、梨乃がしゃぶりたてていたときよりも、ずっと乱暴に抜き差しした。亀頭で喉奥《のどおく》を塞《ふさ》ぐようなイラマチオで、女陰を犯すように口唇を犯していく。

「ぐぐっ！　ぐぐぐっ……」

歪みきった梨乃の両眼から、苦悶《くもん》の涙がこぼれだした。もうやめて、という心の声が聞こえてくる。それでも功児は責め手をゆるめなかった。泣き顔は見せていても、梨乃の喉の奥は亀頭をきっちり締めてくる。痺《しび》れるような快美感が男根の芯《しん》を疼《うず》かせ、腰を使うのをやめられない。

「ぅんああっ……」

不意に男根を口唇から引き抜いてやると、梨乃は大量の唾液《だえき》を垂らし、ハアハアと肩で息をした。

「ら、乱暴にしないで……」

「そうでもないだろ。口の中に性感帯があるんじゃなかったのかい？」

功児は勝ち誇った笑みをこぼした。唾液でびしょ濡《ぬ》れになった男根で、ピターン、ピターン、と頬を叩《たた》いてやる。ふっくらとした梨乃の頬は紅潮して熱く火照り、涙で濡れていた。叩き甲斐《がい》のある頬だった。

「そら、いつまで休んでるつもりだ？　早く続きをやってくれよ」

「ぅんぐぐううーっ！」

再び口唇に男根を咥えこませると、梨乃は鼻奥で悶え泣いた。恨めしげな上目遣いを向けては、熱い涙をボロボロとこぼした。

いい顔だった。

綺麗《きれい》な女の顔を満喫するには、笑顔より泣き顔のほうが断然いい。梨乃のようなタイプはなおさらそうだ。清純な仮面の下に淫蕩な本性を隠した小悪魔を、もっと泣かせてやりたかった。息苦しさの涙だけではなく、喜悦の涙も絞りとりたい。

功児は梨乃に男根を咥えこませた状態で、畳に膝《ひざ》をついた。梨乃の頭をしっかり押さえこんだまま、女体を畳の上に横たえた。

そうしておいて、右手を彼女の下半身に伸ばしていった。黒いパンティストッキングに白いショーツが透けている見た目だけでも、相当にいやらしい。太腿《ふともも》を撫《な》でると、ざらりとしたナイロンの感触と、むっちりした太腿とのコントラストが、たまらなく興奮を誘った。

女らしい丸みを吸いとるように手のひらを這わせつつ、両腿の間に割りこんでいく。

梨乃がぎゅっと手を挟んでくる。拒んでいるわけではなく、条件反射だろう。太腿を強く閉じたことで、彼女の股間《こかん》が放っている妖《あや》しい熱気が、右手に生々しく伝わってきた。

功児は太腿に挟まれたまま、中指を伸ばした。尺取り虫のように動かして、女の割れ目をねちっこくなぞりたてた。

「ぅんぐっ！　ぅんぐっ！」

男根を口唇に咥えこまされた梨乃が、鼻奥で悶える。ショーツとストッキングに包まれた女の部分は、二枚の薄布越しにもかかわらず指にいやらしい湿り気をからみつかせてきた。欲情を煽《あお》りたてるように、すりっ、すりっ、と指を動かす。粘りつくような動きで割れ目をなぞりまわしつつ、恥丘の麓《ふもと》を探っていく。クリトリスが位置するあたりで、指をぶるぶると振動させる。

「ぅんぐっ……ぐぐっ……」

梨乃の顔を見ると、せつなげに眉根《まゆね》を寄せていた。よがりながら男根を吸っている表情が、身震いを誘うほどエロティックだ。

「どうした？　休むなよ」

左手で頭を引き寄せ、ずぼずぼと口唇を穿《うが》つ。

「上の口にも性感帯があるんだろう？　上から下から責められて、女冥利《みょうり》に尽きるってもんだな」

功児が二枚の下着の中に右手を突っこむと、

「ぅんぐぅうう－っ！」

梨乃は涙眼で首を振ろうとしたが、男根で口唇を塞がれているので、ざんばらに乱れた黒髪がゆらゆらと揺れるばかりだ。

功児は右手の指を動かした。下着の中は妖しい熱気でむんむんして、女体の興奮を生々しく伝えてくる。猫の毛のように柔らかい恥毛を掻《か》き分け、こんもりと盛りあがった丘の上に指を這わせていく。くにゃくにゃといやらしく縮れた花びらが、指にあたった。早くも外側まで濡れており、左右にめくってやると、熱い発情のエキスがねっとりとあふれだしてきた。

「ぅんぐっ……んぐぐっ……」

梨乃が眼を白黒させる。股間の刺激が閉じていた太腿を左右に割り、みずから恥ずかしいM字開脚の格好になっていく。

功児は指を躍らせた。花びらを掻き分けて浅瀬をヌプヌプと穿ち、掻き混ぜてやる。濡れた肉ひだが、すっかり熱くなっている。割れ目をなぞりたてては、上端にある女の急所の包皮を剝《む》く。敏感な肉芽をねちっこく撫で転がし、ぶるぶると振動を送りこんでやる。

「ぅんぐぐっ！　ぅんぐぐっ！」

梨乃も必死になって男根をしゃぶり返してくるが、もはやすっかり精彩を欠いてい

た。神経のほとんどが、股間を這《は》いまわる指に集中し、愉悦に溺《おぼ》れはじめている。

「ちゃんと舐《な》めるんだっ！　口の中に性感帯があるんだろう？」

功児は左手で梨乃の頭を引き寄せ、根元まで男根を咥《くわ》えさせた。舌を使えないほど

口内を埋め尽くしてから、中指を蜜壺《みつつぼ》の奥へと沈めていく。まったく、よく濡れてい

る。それを掻きだすように、指を折り曲げて抜き差しする。上壁のざらついた窪《くぼ》みに

指を引っかけて押しあげた。Ｇスポットだ。そうしつつ、親指でクリトリスをこする。

時折、小指を伸ばしてアヌスまでいじりたててやる。

「ぅんぐううう——っ！」

梨乃は鼻奥で悲鳴をあげた。かろうじて眼を閉じず、すがるような眼を向けてくる

が、そこにはもう一ミリたりとも余裕はなかった。凜々《りり》しい光も宿っていない。息を

するだけで必死なうえ、快楽に翻弄《ほんろう》されきっている。中指を沈めた蜜壺からは、あと

からあとからこんこんと熱い粘液があふれてくる。

「んぐっ……」

長い睫毛《まつげ》を、力なくフルフルと震わせた。もうダメ、という心の声が聞こえてくるようだった。功児の指も攣《つ》りそうだった。しかし、負けるわけにはいかない。トドメとばかりに激しく動かし、Gスポットを押しあげる。左手で梨乃の頭をぐいぐい引き寄せ、腰を使って口唇をえぐり抜いていく。

「ぐぐっ！」

梨乃の体がにわかにこわばった。黒パンストを穿《は》いたままのM字開脚といういやらしすぎる格好を披露しながら、五体にぎゅうっと力をこめ、太腿や腰やまだブラジャーをしたままの胸を、小刻みに震わせはじめた。

「ぅんぐっ……ぅんぐうううううううーっ！」

梨乃はもう、眼を開けていられなかった。限界までこわばらせた体を解き放ち、まるでバネの壊れた人形のように、ビクンッ、ビクンッ、と全身を跳ねさせた。オルガスムスに達したのだ。蜜壺が指を食いちぎらんばかりに締めつけを増し、口唇にも自然と力が入って男根を吸ってきた。

「むううっ！」

功児は息を呑《の》み、歯を食いしばって射精をこらえた。あられもなくゆき果てていく梨乃の姿は扇情的なエロスにまみれ、男根は愉悦に芯《しん》が疼《うず》ききっていたけれど、必死になって梨乃だけを恍惚《こうこつ》の極みで悶絶《もんぜつ》させた。

静寂が訪れた。

橙色《だいだいいろ》の常夜灯に照らされた六畳間は薄闇の中に熱気と湿気を孕《はら》み、ふたつの影をうごめかせている。

功児は着ていたものをすべて脱ぎ、唾液《だえき》のしたたる男根をそそり勃《た》てていた。視線は畳の上で大の字になっている梨乃をとらえている。放心状態で天井を見上げながら、ビクビクッ、ビクビクッ、と伸ばした両脚を痙攣《けいれん》させている。乱れた髪にも、潤みきった瞳《ひとみ》にも、ねっとりと紅潮した双頰《そうきょう》にも、オルガスムスの余韻がくっきりと残り、まだ呼吸すら整っていない。口のまわりを濡らした唾液を拭《ぬぐ》うことさえできないまま、ただハアハアと息をはずませている。

その体は、三枚の下着で飾られていた。白地に黒いレースをあしらったブラとショーツ、そして黒いパンティストッキングである。

功児はストッキングから脱がしはじめた。下肢に密着した極薄のナイロンは汗にまみれ、それをくるくると丸めていくのは快感だった。ナイロンの下から現れた白い素肌は橙色の光を浴びて妖しいまでに濡《ぬ》れ光り、ナイロンの生地は顔に押しつけて匂いを嗅《か》ぎまわしたくなるほど発情のフェロモンを吸っている。

続いてショーツだ。絶頂に達した蜜壺からあふれた分泌液が股布《またぬの》を無惨に濡らし、それをめくると、控えめに生えた黒い繊毛がこんもりと盛りあがったヴィーナスの丘に岩海苔《いわのり》のように張りついていた。

最後はブラジャーだった。ピンク色の乳首も清らかなふくらみを露《あら》わにすると、彼女は完全に生まれたままの姿になった。全身を淫《みだ》らな汗にまみれさせ、全裸になってなお可愛らしい容姿から、獣じみた発情のオーラを放っている。

軽く脚を開かせると、

「ううう っ……」

梨乃は眉根を寄せて睨《にら》んできた。とはいえ、眼に力が入らない、敗北者の表情だった。屈辱的な責めの果てに絶頂に導かれた悔しさが瞳を曇らせ、たまらないエロティシズムを放射している。女は男に敗北するとき、エロスの化身となって性を謳歌《おうか》できる。それを知っている女は男よりずっと強いが、梨乃はまだ知らないらしい。敗北の甘美な味を嚙《か》みしめる前に、敗北そのものに戸惑っている。

「そんな顔するなよ……」

功児はやさしく微笑みながら、梨乃の片脚をもちあげた。柔らかいふくらはぎに頬ずりした。

「夜はまだ長い……」

その間、梨乃は敗北しつづけるだろう。朝になるころには敗北者として生きる悦《よろこ》びに目覚め、功児に逆らえなくなる。カップルができあがる。見えないけれども強固な絆《きずな》が、ふたりを強く結びつける。

「あんっ……」

足指を口に含むと、梨乃は小さく声をあげた。意外だったのかもしれない。功児にしても、すぐに股間《こかん》に鼻面を突っこみ、オルガスムスの余韻で熱く火照っている部分を舐めまわしてやりたかったが、イッたばかりの性器をいじられると女はくすぐったがる。再開の愛撫《あいぶ》は、少し離れたところから始めたほうがいい。

足指を一本一本口に含んで丁寧にしゃぶり、そうしつつ、指の股に舌を這わせていく。少ししょっぱい汗の味が舌に残り、それが砂礫《されき》の間に沈殿する砂金のようにも感じられ、自分は本当にこの女のことを愛しているのだと思う。

「んんんっ……くすぐったいよ……」

最初はそう言って身をよじっていた梨乃も、やがて男の唇に足指を包みこまれる愉悦に陶然とし、うっとりと眼を細めた。

功児は左右の足指をすべて舐めおえると、ふくらはぎから膝《ひざ》に向かってツツーッ、ツツーッと舌を這わせた。膝を舐めまわし、内腿《うちもも》に口づけをする。チューッと音をたててキスマークをつけてやると、

「あああっ……」

梨乃は声をあげて身をよじった。無防備に開かれた両脚の間から、濃密な女の匂いが漂ってくる。蜜壺はまだ乾いていないはずだったが、乾く前に新たな発情のエキスを分泌しはじめたらしい。

功児は梨乃の両膝をつかみ、両脚をM字に割りひろげた。黒いストッキングを着けているときもいやらしかったが、なにも着けていないと、蜜に濡れた草むらも、アーモンドピンクの花びらも、セピア色にすぼまったアヌスまで、剝きだしだった。女の恥部という恥部がさらけだされ、愛撫を求めて卑猥《ひわい》な匂いを放っている。オルガスムスの痕跡《こんせき》を残した花びらは、くにゃくにゃによじれながら口を開き、薄桃色に渦巻く部分を見せている。

「むううっ……」

功児は唇を押しつけた。ビクンッと跳ねる太腿を押さえこみながら、舌を差しだし、

花びらを舐《な》めまわす。左右を交互に口に含んでしゃぶりまわし、薄桃色の渦巻きから匂いたつ蜜《みつ》があふれてくると、じゅるっと音をたててそれを啜《すす》った。

「ああっ、いやっ……あああぁっ……」

梨乃が白い喉《のど》を見せて身悶《みもだ》える。足指を舐めるワンクッションを置いたとはいえ、まだ指でイカせてから十分ほどしか経っていない。ヌプヌプと舌を差しこむと、肉ひだがからみついてきた。もっといじってと誘うように、舌をきゅうきゅう締めあげてくる。

功児は限界まで舌を伸ばして肉ひだの渦を攪拌《かくはん》しながら、右手の中指でクリトリスの包皮を剝《む》いては被《かぶ》せ、被せては剝いた。じっくりともてあそんでから、舌を運んで舐め転がした。ざらついた舌腹ではなく、あえてつるつるした舌の裏でツンと尖《とが》った肉芽をこすった。

「はっ、はぁううううーっ！」

欲情しきった梨乃が、功児の首に脚をからめてくる。若々しい肉づきを誇る太腿で、顔をぎゅうぎゅう挟んでくる。

功児は心地いい息苦しさにうっとりしながら、舌を使いつづけた。乾くことを忘れたように分泌される蜜を啜った。濃厚さを増していくばかりの匂いを嗅ぎまわした。

いつまでもこうしていたかったが、先に進まなければならない。梨乃を再びしたたかな敗北に導いて、彼女の上に君臨しなければならない。

「ああああっ……」

首にからみついた両脚をとくと、梨乃が潤んだ瞳で見つめてきた。その眼には、凛々《りり》しさが戻っていた。男を求める率直な欲望がまぶしかった。

功児は体を起こし、梨乃の両脚の間に腰をすべりこませた。勃起《ぼっき》しきった男根を女の割れ目にあてがうと、ヌルリとすべった。フェラチオによる唾液はもう乾いていたけれど、問題はない。梨乃のほうが、したたるほどに濡れている。

「いくぞ……」

声を低く絞り、視線を向ける。梨乃も下から見上げてくる。視線と視線がぶつかりあい、ねっとりとからみあって、欲望を揺さぶりたてる。煮えたぎる欲情に駆りたてられ、腰を前に送りだしていく。

「んんんっ！」

梨乃の可愛い顔が歪《ゆが》んだ。男根はアーモンドピンクの花びらを巻きこんで割れ目に沈み、さらに奥へと入っていく。すさまじい熱気に功児の顔も歪む。濡れ方は充分だったが、熱気に気圧《けお》されて肉と肉とを馴染《なじ》ませつつ前に進む。肉ひだがからみついてくる。吸いつきもすごい。振りきるように進む。子宮を突きあげるように勢いよく腰を振りたて、女体を田楽刺しに深々と貫いていく。

「あああーっ！」

梨乃が総身をのけぞらせた。首も背中も腰も、足の指まで反り返らせて、結合の歓喜に身震いしている。

功児は上体を被せ、反った女体を抱きしめた。ひとつになった実感を噛みしめるように腰をまわし、性器と性器をこすりあわせる。よく濡れた蜜壺《みつつぼ》が、ぬちゅっ、くちゅっ、と音をたてる。その音に酔い痴《し》れながら、あえいでいる梨乃の口にキスをする。糸が引くほど舌をからめあう。むさぼるように口ごと吸いたて、抱擁を強めていく。まだピストン運動を開始していないのに、呼吸が高ぶって息が苦しい。梨乃も苦しそうだ。見つめあう瞳《ひとみ》は歓喜の涙に濡れて、瞬《まばた》きをすればひと筋の涙で頬を濡らしてしまいそうだった。

功児は涙を隠すように口づけをとき、乳房を揉《も》みしだいた。丸みも可愛いふくらみに指を食いこませ、ピンク色の乳首を吸った。交互に吸って、卑猥なほどに尖りきらせた。相反するふたつの衝動によって、体がまっぷたつに引き裂かれそうだった。動きたいが、動きたくない。一刻も早く肉欲に溺《おぼ》れて我を忘れてしまいたいが、それはすなわちクライマックスに向かって一目散に駆けだすことだった。終わりたくなかった。いつか終わりが来るにしろ、そのときを一秒でも先に送りたい。

「あああっ……はぁあああっ……」

蜜壺を貫かれたまま乳首を吸われる刺激に、梨乃が身をよじる。彼女も腰を動かすことを我慢している。怖いのかもしれない。ただ結合しただけでこれほど興奮していることに戦慄《せんりつ》を覚え、ただ素肌に汗を噴きださせる。首筋や耳を、生々しいピンク色に染めあげていく。

我慢にはしかし、限界があった。

功児は野太く勃起しきった男根をゆっくり抜き、ゆっくり入れ直した。ついに動きはじめてしまった。一度動かしてしまえば、もはやとめることはできない。抜いて入れ直すピッチが、次第にあがっていく。ずちゅっ、ぐちゅっ、と湿った肉ずれ音がたち、動きによってふたつの性器がひとつになっていく。凹凸がきっちりと嚙《か》みあった、超絶的な快楽装置に変貌《へんぼう》を遂げる。

「ああっ、いやっ……」

梨乃がせつなげに眉根《まゆね》を寄せ、腕をからませてくる。家庭教師をしているときは清純な雰囲気を振りまいているくせに、そんな所作は天性の娼婦《しょうふ》だ。

「すごいっ……すごい、いいっ……」

功児はもう、情けない涙眼を隠すことすらできなくなり、梨乃を上から見つめていた。刻一刻とピッチのあがっていく律動に戸惑っている顔を眼光鋭く見つめながら、腰使いに熱をこめていく。

「そっちがすごい締まりだからさ……」

功児は唸《うな》るように言った。

「チンポが食いちぎられちまいそうだ。なんていやらしいオマンコだ……」

大げさな言い方で梨乃を辱めようとしたわけではなかった。実際に梨乃の締まりは尋常ではなく、少しでも気を抜けば負けてしまうと思った。腹筋に力をこめ、意識して全身をみなぎらせていないと、凹凸の均衡が崩れてしまいそうだ。

ストロークのピッチをあげた。

鬼の形相で梨乃を睨《にら》みつけながら、ぐいぐいと抜き差しした。パンパンッ、パンパンッ、と音を鳴らし、小柄な梨乃の体が浮きあがるくらい、激しく突いた。突けば突くほど、身の底からエネルギーがこみあげてくる。マグマのように欲望がたぎり、ストロークに力がこもる。汗ばんだ素肌と素肌を密着させてはこすりあわせて、奥の奥まで貫いていく。

「あぁっ……はぁああぁっ……ああああっ……はぁああぁっ……」

梨乃の呼吸が一足飛びに切迫していった。その瞳にはまだ、凛としたなにかが宿っていた。だが、それも風前の灯火《ともしび》だった。ここまでじっくり時間をかけて追いこんだ甲斐《かい》があった。オルガスムスは近そうだ。

「ねえ、ダメッ……もうダメッ……」

梨乃が髪を振り乱して首を振った。

「もうイキそうっ……わたし、イッちゃいそうっ……」

「遠慮することはないさ……」

功児は熱っぽい息を吐いた。

「今日はとことんイカせてやる。何度も何度でも……」

「ああっ、いやあっ……イクッ……イッちゃうっ……」

腕の中で女体が反り返り、ビクンッ、ビクンッ、と跳ねあがった。功児は一度大きく突きあげてから、ピストン運動を休止した。恍惚《こうこつ》にゆき果てていく梨乃の百面相を、動きをとめてじっくりと堪能《たんのう》した。顔だけではなく、体も激しく痙攣《けいれん》していた。ぎゅうぎゅうと収縮する蜜壺の締まりに舌を巻いた。抜き差しを中断してなお、男根の芯《しん》まで快感を伝えてきた。

「はぁあああっ……はぁあああああっ……」

「気持ちよさそうだな」

男としての支配欲を満たされながら、功児は笑みをこぼした。眉根を寄せ、眼をつぶっていた梨乃が、再び眼を開ける。すがるような眼つきをしている。瞳に敗北が浮かんでいるが、その奥にはまだ凛々しさが見え隠れしている。

いつまでもつだろうか？

今日という今日は、そう簡単には射精しないつもりだった。梨乃が音をあげるまで、何度でも昇りつめさせるのだ。完膚無きまでに愉悦に溺れさせるのだ。

「ああああっ……」

功児が再び腰を動かしはじめると、すがるような眼が恐怖で曇った。まだ動かないでと訴えるように、小刻みに首を振った。しかし、動かないわけにはいかない。勃起しきった男性器官が、いつまでもじっとしていることを許してくれない。

「ああっ、いやあっ……いやあああっ……」

梨乃はちぎれんばかりに首を振りながらも、快楽の渦に呑《の》みこまれていく。一足飛びに高まっていく抜き差しのピッチに、なすすべもなく翻弄《ほんろう》されるしかない。

第十一章　手負いの獣

時間の感覚はとっくに失われていた。

寄せては返す快楽の波が時空を歪《ゆが》め、いったいどれくらいの時間が経ったのか、ここがどこであるのかすら、よくわからない。無間《むげん》地獄にも似た状態に溺れながら、功児と梨乃は腰を振りあっている。

梨乃がいったい何回イッたのか、もう数えきれなかった。たしかに実感できることは、次に迫りくるオルガスムスの兆候だけで、梨乃はそれにおののき、功児は自分でも呆《あき》れるくらい執拗《しつよう》に、彼女をそこへと追いこんでいく。

射精をすればひとまず治まってしまうような、肉体的な欲望から解放されていたと言ってよかった。求めているものは、そんな小さなものではない。

魂だった。とびきりの女とセックスをしながら射精を求めず、にもかかわらず鋼鉄のように硬く勃起《ぼっき》しつづける自分が、頼もしくも空恐ろしくなってくる。

「ねえっ……ねえ、お願いっ……」

梨乃がいまにも泣きだしそうな顔で訴えてきた。あえぎすぎて閉じることのできなくなった唇から淫《みだ》らに涎《よだれ》を流し、ハアハアと息をはずませる。

「もう許してっ……おかしくなるっ……こんなにされたらおかしくっ……おかしくなっちゃうっ……」

「弱音を吐くのは早いんじゃないか。淫乱《いんらん》だって自分で言ってたろう?」

「だってっ……だってもう何回イッたのか、自分でもっ……」

「こっちは一回もイッてない」

功児は汗まみれの顔でニヤリと笑った。

「それに、まだまだ余力がありそうだ……」

ぐいぐいと腰を振りたてて熱烈な律動を送りこむと、

「あああっ……ダ、ダメえええっ……」

梨乃は弱音を吐きながらも、次のオルガスムスに向かって駆けだした。言葉とは裏腹に、体は恍惚を求めている。もちろん、その相反現象に耐えきれなくなって許してほしいと訴えているのだが、許すわけにはいかなかった。いまにも泣きだしそうな顔をしていても、彼女はまだ敗北の甘い果実をとことん味わい抜いていない。男の手に堕《お》ちることで謳歌《おうか》できる、女の悦《よろこ》びに目覚めていない。

「そらっ！　そらっ！」

腰を振りたて、えぐりこむように子宮を突きあげれば、

「あああああーっ！」

梨乃は汗まみれの体をよじらせて、顔をくしゃくしゃに歪みきらせる。彼女の体を起こせば、畳には人形の汗ジミができていることだろう。股間《こかん》のあたりはあふれだした発情のエキスで、匂いたつ水たまりができているだろう。

「そらっ！　そらっ！　なにが許してだ。下の口はぎゅうぎゅう締めつけてきてるじゃないか」

「ああっ、いやあっ……いやあああああっ……」

梨乃は髪を振り乱し、ちぎれんばかりに首を振った。のけぞりながらも功児にしがみつき、背中に爪を立ててきた。力の限り掻《か》き毟《むし》ってきた。梨乃はわかっているのだろうか。ミミズ腫《ば》れになりそうなその痛みが、男の興奮をよけいに高めることを。知っていてやっているのなら、たいしたものだった。

功児は息をとめて突いた。怒濤《どとう》の連打を放っては縦横斜めに腰をひねり、熱く潤んだ蜜壺《みつつぼ》を攪拌《かくはん》した。お互いの陰毛がからみあいそうなほどグラインドさせては、再び連打を送りこんでいく。速く、速く、遅く。速く、速く、遅く。緩急をつけたピストン運動をしつこいまでに繰り返し、奥の奥まで刺激し抜いていく。

「ダ、ダメッ……」

背中に立てられた爪が、さらに深々と食いこんでくる。

「またっ……またっ……イッ……クッ……」

梨乃は事切れるように言うと、総身をのけぞらせた。ビクンッ、ビクンッ、と腰を跳ねさせ、五体の肉という肉を淫らに痙攣させた。いままでの中でも、最高に激しいエクスタシーだった。とにかく痙攣がすごかった。ぶるぶるっ、ぶるぶるっ、と震える肉の動きがいやらしすぎて、抱きしめていると眩暈《めまい》を覚えた。気がつけば、功児の体はその痙攣の中に呑みこまれていた。あまつさえ、恍惚に達した蜜壺はすさまじい力で男根を食い締めている。男の精を吸いだそうとしている。

「……むうっ！」

必死の形相で、結合をといた。一瞬もう終わりにしてしまおうかという考えが脳裏をよぎったが、まだ射精するわけにはいかなかった。

実感が足りなかった。数多くイカせればいいというわけではなく、梨乃を仕留めた生々しい実感が圧倒的に足りない。

なぜなのか、考えると怖くなってくる。これだけ絶頂に導いてなお、満足できないということは、彼女と対になる資格が自分にはないのではないか、とも思えてくるからだ。運命を感じたのも単なる勘違いで、都会ではあまり見かけない彼女の清純な容姿に心奪われてしまっただけではないのか。

そんなはずはなかった。

運命とはまた、自分の力で手繰り寄せるものでもあるはずだ。

「いっ、いやっ……」

梨乃の顔がひきつった。

功児の右手が、彼女の股間をとらえたからだった。中指と人差し指を割れ目に深々と埋めこんだ。いまのいままで延々と男根で突きまくっていた蜜壺の中は、熱く煮えたぎっていた。二本の指を鉤状《かぎじょう》に折り曲げて抜き差しした。じゅぼじゅぼと音をたて、Gスポットを掻き毟った。

「ひっ、ひぃいいいいいーっ！」

梨乃が悲鳴をあげる。それでもオルガスムスに達したばかりの体は制御できず、両脚を無防備なM字にひろげたままだ。

「やっ、やめてっ！　やめてえええええーっ！」

「なにがやめてだ……」

功児は鉤状に折り曲げた二本指を抜き差ししながら、左手でクリトリスまでいじりはじめた。

「まだイキ足りないんだろう？　自分で淫乱だって言ってたものなあ。色ボケになるにはまだ早いぜ」

「はっ、はぁうううううううーっ！」

梨乃はブリッジするように背中を反らせ、阿鼻叫喚《あびきょうかん》の悲鳴をあげた。それでも、蜜壺はきっちりと指を食い締めてくる。イッたばかりにもかかわらず、再び体中の肉という肉を激しく痙攣《けいれん》させはじめる。

「やっ、やめてっ……ホントにやめてっ……出るっ……そんなにしたら、出ちゃうっ……あああああーっ！」

言葉の途中で、梨乃は潮を吹きだした。鉤状に折り曲げた指を抜き差しするたびに、ピュピュッ、ピュピュッ、と飛沫《ひまつ》が飛び、やがて放尿するように優美な放物線を描いて分泌液が放出された。一瞬、失禁したのかと思った。しかし、色は透明でアンモニア臭もなかったので、それはたしかに喜悦の証左である潮だった。

「ああっ、いやっ……いやいやいやっ……」

梨乃は泣き叫びながら、持ちあげた腰をガクガク、ガクガクと震わせた。太腿《ふともも》も尻《しり》も乳房も、体中の肉をぶるぶると震わせて、潮吹きの衝撃に悶絶《もんぜつ》している。

修羅場だった。

さすがの功児も、ここまで執拗に女体を責めつづけた経験はなく、荒れた畳に水たまりをつくりながらのたうちまわっている梨乃を見ていると、戦慄《せんりつ》を覚えずにはいられなかった。

それでもまだ、実感がわいてこない。

梨乃を仕留めたたしかな感覚がこみあげてこない。

いったいどこまで、難攻不落の山なのだろう。

いや、逃げ足の速いバンビなのか。

「ああああっ……あああああっ……」

蜜壺から指を抜くと、梨乃は水浸しの畳の上で体を反転させた。うつ伏せになって、

「えっ、えっ」と嗚咽《おえつ》をもらしはじめた。嗚咽をもらしながらも、尻や太腿の痙攣がとまらない。尻の桃割れから、淫《みだ》らに濡《ぬ》れまみれたアーモンドピンクの花びらがのぞ

いている。もはやぱっくりと口を開ききって、中身をすっかり見せていた。薄桃色だったはずの肉ひだが、いやらしいほど赤く充血している。

功児が放った矢は、たしかに彼女をとらえていた。しかし、急所をはずしている。どうしても致命傷を与えることができない。責めれば責めるほど、そのことばかりに気づかされる。魂を奪うことなど、夢のまた夢に思えてくる。

だが、諦《あきら》めるわけにはいかなかった。

兄を裏切ってまで手に入れようとした女だった。

怖《お》じ気づき、このチャンスを逃がしたりしたら、一生後悔するだろう。

なんとかしなければならない。

なんとかして彼女を仕留め、自分のものにしなければならない。

「……おい」

梨乃の太腿をまたいで腰を落とした。うつ伏せになった女体に、上から体を覆い被《かぶ》せていく。

「いつまで泣いてるんだ。まだこっちは一回も出してないんだぜ」

「もうっ……もう許してっ……」

梨乃は自分の腕の中に埋《うず》めた顔をあげようとすらしない。

「そうはいかないんだよ」

功児は勃起《ぼっき》しきった男根の切っ先を、尻の桃割れにあてがった。狙いはヴァギナではなかった。その上で慎《つつ》ましく口をすぼめているセピア色のアヌスに、亀頭《きとう》をあてがった。

「な、なにをっ……」

梨乃が驚いて振り返る。紅潮し、涙に濡れた頬を限界までひきつらせ、瞳《ひとみ》を凍りつかせている。

「さすがの淫乱《いんらん》も、こっちはまだ処女か？」

功児は笑った。梨乃の凍りついた瞳にはきっと、悪魔めいた非情な笑いを浮かべた男の顔が映っていたことだろう。

「だったら、俺が奪ってやる。この体は俺の貸し切りなんだ。いいだろう？」

「ダ、ダメッ……」

梨乃は小刻みに首を振ったが、それ以上抵抗はできなかった。数えきれないほど絶頂に達したせいで、体に力が入らないのだ。一方の功児は、まだ一度も射精をしていなかった。エネルギーは充分にある。あふれる力を隠しきれない。

「いくぞ……」

息を呑《の》み、腹筋に力をこめた。体の芯《しん》に戦慄が走り抜けていったのは、功児もまた、アナルセックスの経験がないからだった。試してみようとしたことはあるが、うまく結合できなかった。いつかもう一度チャレンジしてみたかったから、いまこそうってつけのタイミングだった。

「むむっ……」

男根を送りだしてみたものの、やはり入口は堅固だった。細い皺《しわ》の集まったすぼまりは発情のエキスをたっぷり浴びてヌルヌルの状態だったし、亀頭にしてもそうだった。入れるはずなのに、入れない。いや、やはりそこは、入ることのできない禁断の器官なのか。

「力を抜くんだ……」

功児は低く声を絞り、心を鬼にして桃割れを左手でひろげた。右手では男根をつかみ、はじき返されないようにした。諦めるわけにはいかなかった。諦めた先に待っているのは、魂の抜けたような毎日だ。疾走とも熱狂とも無縁な、砂を噛《か》むような性欲処理ばかりだ。

「ひぃぎっ！」

むりむりと強引にねじりこんでいくと、梨乃が歪《ゆが》んだ悲鳴をあげた。

「いっ、痛いっ！　やめてっ！　本当に痛いいいいいいいーっ！」

悲鳴を恐怖に染めあげ、全身をこわばらせていく梨乃とは反対に、功児は高ぶった。全身の血が沸騰し、さらに逆流していくような感覚を覚えた。いままさにクロスボウの矢を放ち、野生のバンビを仕留めようとしている実感があった。

「むううっ！」

顔を真っ赤に燃やしてさらに入っていく。堅固な門をくぐり抜けた感触があった。すぼまりのいちばん狭いところを突破すると、奥はぽっかりした空洞になっていた。いったん入ってしまうと根元までずるずると侵入できた。

「ぅんぐぐっ……ぐぐぐっ……」

梨乃はもう、悲鳴をあげることもできないようだった。苦悶《くもん》に歪んだうなり声をあげ、体中から脂汗を流し、ぶるぶると小刻みに震えているばかりだ。

もっとも、功児も似たようなものだった。初めて経験するアヌスの締まりは想像を遥《はる》かに超え、男根をきつく食い締めてきた。息ができず、全身から汗が噴きだしてくる。挿入したというより、まさしく咥《くわ》えこまれている様相だ。

少し動いた。

歯を食いしばって、ずずっと抜き、再び入っていく。乱暴に動くとアヌスそのものを壊してしまいそうで、慎重に動かなければならなかった。抜いて、入れる。前の穴なら無意識にできることも、すさまじく神経を使う。だがそれが、実感を生む。梨乃からアナルヴァージンを奪っているというたしかな手応《てごた》えとなって、たとえようもない歓喜がこみあげてくる。

「気持ちいいよ」

真っ赤に染まった梨乃の耳にささやいた。興奮に声が上ずり、震えていた。

「そっちはどうだ？　まだ痛いか？」

「ううう っ……うっくっ……」

梨乃は返事はおろか、顔を向けてくることさえできない。挿入を遂げてからは、痛みより息苦しさを覚えているようだった。それ以上に、禁断の排泄《はいせつ》器官を犯されている屈辱に、悶絶しているようでもある。

うまくなかった。ただ悶絶しているだけでは仕留めたことになりはしない。夢中にさせなければ、この性交に意味はない。

「ああっ、いやっ！」

体を密着させたまま横に倒すと、梨乃は悲鳴をあげた。

「動かないでっ！　動かないでえええっ……」

「大丈夫だ。力を抜くんだ」

功児はかまわず、梨乃の体をあお向けにした。背面騎乗位で、お互いの体が完全に密着している状態だ。バランスをとるため、梨乃の両脚が自然に開いた。のけぞった状態でお互いの顔の位置が近づいた。

「あああっ……あああああっ……」

ハアハアと息をはずませ、とにかく動かないように開いた両脚を踏ん張っている。功児を咎《とが》めることもできないまま、必死になって身をこわばらせる。

「遠慮しないで、そっちも気持ちよくなれよ」

功児は左手で梨乃の乳房をつかみつつ、右手を股間《こかん》に這《は》わせていった。猫の毛のように柔らかい恥毛を掻《か》き分け、所在なく口を開いている女の割れ目に指をぴったりと添えた。

「ひいっ！」

梨乃が凍りついた悲鳴をあげる。

「やっ、やめてっ……もうやめてっ……」

声はあげても、体は動かせない。動けばアヌスが壊れてしまうという恐怖の前に、なにもできない。

功児はねちっこく指を躍らせた。花びらをもてあそび、貝肉質の粘膜を撫《な》でる。指が泳ぎそうなほど濡《ぬ》れている。

「やめてっ……ああっ、お願いっ……くぅううぅーっ！」

クリトリスをねちねちと撫で転がすと、梨乃はひときわしたたかにのけぞって、お互いの頰が密着した。梨乃の頰は燃えるように熱かった。胸が熱くなってくる。自分はこの女をたしかに愛している。

「ぅんんんっ！」

唇を重ねた。あえいでいるばかりの梨乃の口に舌を差しこんで、唾液《だえき》が糸を引くほど熱烈にからめていく。そうしつつ、右手の指を動かす。クリトリスを転がし、つまみあげ、爪まで使って刺激していく。

「ぅんんんっ……いやあっ……いっ、いやあああああっ……」

梨乃がキスをとき、身をよじる。制限された動きの中で、体を震わせる。男根をきつく食い締めているアヌスが、さらに締まる。肉づきのいい尻《しり》がバウンドし、男根がしごきたてられる。ごくわずかな動きではあるものの、締めつけがすごいので芯まで刺激が響いてくる。勃起《ぼっき》がみなぎる。怖いくらいの締めつけに負けじと、すぼまりをむりむりと押しひろげる。

「はぁあああっ……はぁあああっ……」

切迫する梨乃の呼吸が、次第に艶《なま》めいてきた。感じていることは間違いないようだった。功児は割れ目に指を突っこんだ。蜜壺《みつつぼ》の中を攪拌《かくはん》すると、粘膜の壁の向こうに自分の男根に触れることができた。自分でも驚くくらい、硬くなっている。

「ああっ、いやあああっ……いやあああっ……」

梨乃は悲鳴をあげつつも、感極まっていく。前の穴と後ろの穴を塞《ふさ》がれた波状攻撃に体中の肉という肉を痙攣《けいれん》させ、背中を限界まで反り返らせていく。

たまらなかった。

功児は得も言われぬ陶酔の極致で、下から腰を動かした。アヌスを犯しながら、蜜壺を指で掻き混ぜた。すべての事象が色彩を失った、ブラックホールのようなところにふたりで堕《お》ちていくようだった。息ができなかった。快楽を求め、味わう以外になにもできない。抜けだすためには、ビッグバンを呼びこんで突破するしかなかった。梨乃もそれがわかっているようで、いつの間にか、みずから体をくねらせていた。排泄器官を貫いている男根を、ぎゅうぎゅうと締めつけてきた。

「ダ、ダメッ……」

虚空を見つめて声を絞った。

「イ、イクッ……わたし、もうっ……」

「尻の穴でイクのか？」

功児は勝ち誇った声をあげた。

「尻の穴を犯されて、イクような女なのか、おまえはっ！」

「ああっ、ダメッ……ダメえええええーっ！」

断末魔の悲鳴があがった。

「イッ、イクッ……お尻でっ……お尻でイッちゃうっ……あああああーっ！」

「むううっ！」

功児にも限界が迫ってくる。耐えに耐えてきた射精だったが、もう我慢する必要はなかった。いまこそすべてを解き放つときだ。

「出すぞっ……」

ひきがねを引くように、声を絞った。

「出すぞっ……尻の穴に出すぞっ……おおおっ……おおおおおおっ……」

雄叫《おたけ》びにも似た声をあげると、全身が小刻みに震えだした。激しいピストン運動ができないから、つんのめる欲望の動きでフォローできない。体の内側でマグマが煮えたぎり、地割れが起こるような勢いで、射精欲がこみあげてくる。自分から射精に向かっていけないぶん、深く濃い喜悦が性感を満たしていく。たった一秒かそこらのことだが、射精を遂げる寸前の時間を無限に延ばされたような感覚に、頭の中が真っ白になった。

「イッ……イクッ……」

梨乃がしたたかに身をよじり、その動きが射精を呼びこんだ。爆発にも似た衝撃が体の内側で起こり、尿道に灼熱《しゃくねつ》が走り抜けた。熱かった。次の瞬間、全身が紅蓮《ぐれん》の炎に包みこまれたような気がした。

「はぁああああーっ！　はぁああああああーっ！」

「おおおおおーっ！　おおおおおううううーっ！」

歓喜に歪《ゆが》んだ声を重ねて、功児と梨乃は身をよじりあった。会心の射精だった。矢を放ち、仕留めた実感がたしかにあった。功児は満たされた。落としてきた魂を、いまようやく、この手に取り戻した――。

眼を覚ますと窓の外は明るかった。

夏の太陽が荒れた畳をジリジリと焦がし、六畳の狭い部屋を蒸し風呂《ぶろ》のような状態にしている。

暑かった。功児は汗みどろの体を起こし、窓を開けた。男と女の匂いを孕《はら》んで粘りつくようになっている部屋の空気を、風が流していく。裸身にも風があたる。昨夜分《ゆうべ》かちあった恍惚《こうこつ》の残滓《ざんし》が、体の隅々に残っていた。それが風に揺られ、ざわめくのが心地いい。

いったいどれくらい眠っていたのだろう。

朝どころか、もう昼近い。

梨乃の姿はなかった。

仕事に行ったのだろう。ふたりで東京に行くにしろ、職場に辞職届を出し、業務を引き継がなければならないのが世間の常識だ。ボーイ・ミーツ・ガールを描くアメリカンニューシネマのように、金さえ用意すればすぐにでもふたりで東京に向かうイメージをもっていたが、さすがにそれは無理かもしれない。

そう思うと、少し気が抜けた。

一週間か一ヵ月か、彼女が身辺を整理するのを待って一緒に上京するか、あるいは先に功児だけが戻って、彼女を迎え入れる準備を整えることになるだろう。

裸身に服を着けた。

シャワーを浴びたいが、あいにくこの部屋にはない。

おまけに、エネルギーを使い果たしていたので空腹だった。ぐうぐうと音が鳴り、腹に穴でも開いてしまいそうだ。

サウナにでも行ってゆっくりと汗を流し、食事をしながら今後の展開を考えることにした。

だが、部屋を出ようと扉を開けると、隙間に紙が一枚挟まっていて、ひらひらと床に落ちていった。梨乃がなにか書き置きしていったらしい。

——さようなら。お兄さんよりはちょっとは気持ちよかったかな？

心臓が早鐘を打ちだした。

意味がわからなかった。

「さようなら……だと？」

部屋を振り返った。なにもない、六畳ひと間の空虚なスペースがそこにはあった。五百万が入った紙袋はどこに行ったのだろう。いや、鍵《かぎ》をかけないこの部屋に大金を置いておくことはできない。梨乃が持っているだけだ。それだけのことだ。

落ち着け、落ち着け、と自分に言い聞かせる。

それでも心臓の早鐘は速くなっていくばかりで、顔が熱くてしかたがなかった。

だいたい、「お兄さんよりは……」のくだりはいったいどういうことなのか。梨乃は自分とだけではなく、兄の啓一とも肉体関係を結んでいたというのだろうか。

激しい眩暈《めまい》を覚えながら、押し入れを開けた。

なにもなかった。

着替えや日用雑貨や化粧品や、当然ここにしまわれていると思っていたものがなにもない。つまり梨乃は、この部屋で実質的な生活を送っていないということなのか。

ではいったい、なんのためにこの部屋を……。

あわてて携帯電話を取りだしたが、梨乃の連絡先を知らなかった。

嫌な予感がした。

こういう場合の嫌な予感は、どういうわけかたいてい当たる。

嵌《は》められたのだ。

背景のからくりはわからない。しかし梨乃は、なんらかの思惑をもって功児を罠《わな》に嵌めた。五百万を手にするために、周到に準備を重ねてきた。そんな予感がした。大金を持ち逃げして高笑いを浮かべている彼女の顔が、脳裏をよぎっていく。

「……殺してやる」

功児は血が出るほど唇を嚙《か》みしめた。

もしそうであったなら、梨乃が男の純情をもてあそんで金を持ち逃げしたのなら、きっちりケジメをとらなければならない。汗ばんだ素肌の気持ち悪さも、腹に穴が開きそうな空腹感も、一瞬で吹き飛んで全身が殺意だけに満たされた。

あわてて部屋を飛びだしたが、梨乃を見つけることはできなかった。

その町から、彼女の姿は忽然《こつぜん》と消え、痕跡《こんせき》すらろくに残っていなかった。

いや。

梨乃だけではない。

兄も兄嫁も甥《おい》っ了の朋貴も、全員が行方不明になっていた。

残されたものは、目も眩《くら》むほど巨大な喪失感だった。

見つけたはずの魂が、再びどこかに行ってしまった。

本書は書き下ろしです。

君《きみ》の中《なか》で果《は》てるまで

草凪《くさなぎ》 優《ゆう》

角川文庫 17536

平成二十四年八月二十五日　初版発行

発行者―井上伸一郎

発行所―株式会社角川書店
東京都千代田区富士見二―十三―三
電話・編集 (〇三)三二三八―八五五五
〒一〇二―八〇七八

発売元―株式会社角川グループパブリッシング
東京都千代田区富士見二―十三―三
電話・営業 (〇三)三二三八―八五二一
〒一〇二―八一七七
http://www.kadokawa.co.jp

印刷所―暁印刷　製本所―BBC

装幀者―杉浦康平

く 29-2　　ISBN978-4-04-100436-4　C0193

角川文庫発刊に際して

角川源義

第二次世界大戦の敗北は、軍事力の敗北であった以上に、私たちの若い文化力の敗退であった。私たちの文化が戦争に対して如何に無力であり、単なるあだ花に過ぎなかったかを、私たちは身を以て体験し痛感した。西洋近代文化の摂取にとって、明治以後八十年の歳月は決して短かすぎたとは言えない。にもかかわらず、近代文化の伝統を確立し、自由な批判と柔軟な良識に富む文化層として自らを形成することに私たちは失敗して来た。そしてこれは、各層への文化の普及滲透を任務とする出版人の責任でもあった。

一九四五年以来、私たちは再び振出しに戻り、第一歩から踏み出すことを余儀なくされた。これは大きな不幸ではあるが、反面、これまでの混沌・未熟・歪曲の中にあった我が国の文化に秩序と確たる基礎を齎らすためには絶好の機会でもある。角川書店は、このような祖国の文化的危機にあたり、微力をも顧みず再建の礎石たるべき抱負と決意とをもって出発したが、ここに創立以来の念願を果すべく角川文庫を発刊する。これまで刊行されたあらゆる全集叢書文庫類の長所と短所とを検討し、古今東西の不朽の典籍を、良心的編集のもとに、廉価に、そして書架にふさわしい美本として、多くのひとびとに提供しようとする。しかし私たちは徒らに百科全書的な知識のジレッタントを作ることを目的とせず、あくまで祖国の文化に秩序と再建への道を示し、この文庫を角川書店の栄ある事業として、今後永久に継続発展せしめ、学芸と教養との殿堂として大成せんことを期したい。多くの読書子の愛情ある忠言と支持とによって、この希望と抱負とを完遂せしめられんことを願う。

一九四九年五月三日

好評既刊

『君がやめてとねだるまで』

好評発売中

妻の浮気現場を盗聴しながら
自慰をくりかえす日々。
そんな啓一の前に、淫らな天使が舞い降りる。

シリーズ第一弾

予告

『君が泣くなら最後まで』

2012年9月25日発売予定

そして、一家は
破滅とエロスに向かって
走り続ける——。

シリーズ第三弾

角川文庫ベストセラー

時をかける少女〈新装版〉　筒井康隆

放課後の実験室、壊れた試験管の液体からただよう甘い香り。このにおいを、わたしは知っている——思春期の少女が体験した不思議な世界と、あまく切ない想いを描く。時をこえて愛され続ける、永遠の物語！

日本以外全部沈没 パニック短篇集　筒井康隆

地球の大変動で日本列島を除くすべての陸地が水没！　日本に殺到した世界の政治家、ハリウッドスターなどが日本人に媚びて生き残ろうとするが。時代を超越した筒井康隆の「危険」が我々を襲う。

陰悩録 リビドー短篇集　筒井康隆

風呂の排水口に○○タマが吸い込まれたら、自慰行為のたびにテレポートしてしまったら、突然家にやってきた弁天さまにセックスを強要されたら。人間の過剰な「性」を描き、爆笑の後にもの哀しさが漂う悲喜劇。

夜を走る トラブル短篇集　筒井康隆

アル中のタクシー運転手が体験する最悪の夜、三ヵ月以上便通のない男の大便の行き先、デモに参加した女子大生を匿う教授の選択……絶体絶命、不条理な状況に壊れていく人間たちの哀しくも笑える物語。

佇むひと リリカル短篇集　筒井康隆

社会を批判したせいで土に植えられ樹木化してしまった妻との別れ。誰も関心を持たなくなったオリンピックで黙々と走る男。現代人の心の奥底に沈んでいた郷愁、感傷、抒情を解き放つ心地よい短篇集。

角川文庫ベストセラー

不夜城　馳　星周

アジア屈指の歓楽街・新宿歌舞伎町の中国人黒社会を器用に生き抜く劉健一。だが、上海マフィアのボスの片腕を殺し逃亡していたかつての相棒・呉富春が町に戻り、事態は変わった——。衝撃のデビュー作!!

鎮魂歌《レクイエム》　不夜城Ⅱ　馳　星周

新宿の街を震撼させたチャイナマフィア同士の抗争から2年、北京の大物が狙撃され、再び新宿中国系裏社会は不穏な空気に包まれた！『不夜城』の2年後を描いた、傑作ロマン・ノワール！

夜光虫　馳　星周

プロ野球界のヒーロー加倉昭彦は栄光に彩られた人生を送るはずだった。しかし、肩の故障が彼を襲う。引退、事業の失敗、莫大な借金……諦めきれない加倉は台湾に渡り、八百長野球に手を染めた。

マンゴー・レイン　馳　星周

タイ生まれの日本人、十河将人は、バンコクで偶然再会した幼馴染みから、中国人の女をシンガポールに連れ出す仕事を請け負った。だがその女と接触してから、何者かが将人をつけ狙うようになる。

虚の王　馳　星周

兄貴分の命令で、高校生がつくった売春組織の存在を探っていた覚醒剤の売人・新田隆弘。組織を仕切る渡辺栄司は色白の優男。だが隆弘が栄司の異質な狂気に触れたとき、破滅への扉が開かれた——。

角川文庫ベストセラー